चन्द्रकिशोर जायसवाल

चन्द्रकिशोर जायसवाल का जन्म 15 फरवरी, 1940 को बिहार के मधेपुरा जिले के बिहारीगंज में हुआ। उन्होंने पटना विश्वविद्यालय, पटना से अर्थशास्त्र में स्नातकोत्तर शिक्षा हासिल की और अरसे तक अध्यापन करने के बाद भागलपुर अभियंत्रण महाविद्यालय, भागलपुर से प्राध्यापक के रूप में सेवानिवृत्त हुए।

उनकी प्रमुख कृतियाँ हैं—'गवाह गैरहाजिर', 'जीबछ का बेटा बुद्ध', 'शीर्षक', 'चिरंजीव', 'माँ', 'दाह', 'पलटनिया', 'सात फेरे', 'मणिग्राम', 'भट्ठा', 'दुखग्राम', 'दुलारी चाची' (उपन्यास); 'मैं नहिं माखन खायो', 'मर गया दीपनाथ', 'हिंगवा घाट में पानी रे!', 'जंग', 'नकबेसर कागा ले भागा', 'दुखिया दास कबीर', 'किताब में लिखा है', 'आघातपुष्प', 'तर्पण', 'जमीन', 'खट्टे नहीं अंगूर', 'हम आजाद हो गए!', 'प्रतिनिधि कहानियाँ' (कहानी-संग्रह); 'श्रृंगार', 'सिंहासन', 'चीर-हरण', 'रतजगा', 'गृह-प्रवेश', 'रंग-भंग' (नाटक); 'आज कौन दिन है?', 'त्राहिमाम्', 'शिकस्त', 'जबान की बन्दिश' (एकांकी)।

उनके उपन्यास 'गवाह गैरहाजिर' पर राष्ट्रीय फ़िल्म विकास निगम द्वारा निर्मित फ़िल्म 'रूई का बोझ' और कहानी 'हिंगवा घाट में पानी रे!' पर दूरदर्शन द्वारा निर्मित फ़िल्में काफी चर्चित रही हैं। 'रूई का बोझ' नेशनल फ़िल्म फ़ेस्टिवल पैनोरमा (1998) के लिए चयनित हुई थी और अनेक अन्तरराष्ट्रीय फ़िल्म महोत्सवों में प्रदर्शित हो चुकी है।

उन्हें 'रामवृक्ष बेनीपुरी सम्मान', 'बनारसी प्रसाद भोजपुरी सम्मान', 'आनन्द सागर कथाक्रम सम्मान', बिहार राष्ट्रभाषा परिषद के 'साहित्य साधना सम्मान' और बिहार सरकार के 'जननायक कर्पूरी ठाकुरी सम्मान' से सम्मानित किया गया है।

मो. : 9931018938

ई-मेल : jaiswal.chandrakishore@gmail.com

नकबेसर कागा ले भागा

चन्द्रकिशोर जायसवाल

राधाकृष्ण पेपरबैक्स

पहला संस्करण 2003 में रचनाकार प्रकाशन से प्रकाशित

राधाकृष्ण पेपरबैक्स में
पहला संस्करण : 2024

राधाकृष्ण पेपरबैक्स : उत्कृष्ट साहित्य के जनसुलभ संस्करण

राधाकृष्ण प्रकाशन प्रा. लि.
जी-17, जगतपुरी
दिल्ली-110 051
द्वारा प्रकाशित

शाखाएँ : अशोक राजपथ, साइंस कॉलेज के सामने, पटना-800 006
पहली मंजिल, दरबारी बिल्डिंग, महात्मा गांधी मार्ग, प्रयागराज-211 001
1, अनमोल सोराबजी सन्तुक लेन, धोबी तलाव, मरीन लाइंस, मुम्बई-400 002
वेबसाइट : www.radhakrishnaprakashan.com
ई-मेल : info@radhakrishnaprakashan.com

विकास कम्प्यूटर एंड प्रिंटर्स
ट्रॉनिका सिटी-201 102
द्वारा मुद्रित

मूल्य : ₹250

NAKBESAR KAGA LE BHAGA
Stories by Chandrakishore Jaiswal

ISBN : 978-93-48157-43-0

नकबेसर कागा ले भागा

क्रम

नकबेसर कागा ले भागा

घेघू एक भिखमंगे का नाम है। बड़ा-सा घेघा है उसके पास।

यों तो शहर में उनके कितने ही छोटे-मोटे पड़ाव हैं, पर शहर के एक छोर पर भिखमंगों ने अपनी एक छोटी-सी बस्ती ही बना डाली है। कुछ घास-फूस, कागज और टिन के टुकड़ों से बनी झोंपड़ियाँ हैं, जो गुफाओं की शक्लें अख्तियार किए हुए हैं। जिनके झोंपड़ियाँ नहीं, उन्होंने सामने खड़ी वृक्षों की छतनारों में अपने आश्रम बना लिए हैं और उनके धड़ों में अपने झोले और गूदड़ लटकाने के लिए कीलें गाड़ दी हैं। रेलवे स्टेशन के बहुत करीब है यह जगह, इतनी करीब कि लूले-लँगड़े भी मसखरे की चाल में चलकर स्टेशन पर रुकी गाड़ी पकड़ लें। जब भी कोई गाड़ी रुकेगी, दो-चार उतरकर बस्ती की ओर जाते दिखाई पड़ जाएँगे; और दो-चार गाड़ी में चढ़ने के लिए बस्ती की ओर से लपककर आते हुए।

घोर आश्चर्य! काने, अन्धे, लूले-लँगड़े, अपंग-अपाहिज, वक्रांग-विकलांग और कोढ़ग्रसित रोगियों की इस बस्ती में जीवन की एक अन्त:सलिला भी बहती है—अजस्त्र, अबाध! रोग, दुख, दारिद्र्य, तनहाई बहकर किनारे लग जाते हैं, कूड़े-कचरे की तरह।

पास से कोई नहीं गुजरता। जिसे मजबूरी हो जाती है, वह जरा तेजी से गुजर जाता है। और जो तेज नहीं हो पाता, उसे उस बस्ती की साँसों और धड़कनों का हल्का-सा अहसास हो ही जाता है।

नंग-धड़ंग घिनौने बच्चे किलकारियाँ मारते हैं। हरदम-हुड़दंग। उनका घिनौनापन उनकी शरारतों-हुड़दंगों में बिला जाता है। दिनभर बरखा और धूप में मरने-खपने के बाद भी वे थकते नहीं, बस्ती में पहुँचते ही धमाचौकड़ी में मस्त हो जाते हैं। खेल-कूद, हो-हल्ला, वे जुलूस निकालते हैं, नारे लगाते हैं। कभी गधा छाप पर मुहर लगाने के लिए चिल्लाएँगे, तो कभी तराजू छाप की जीत मनाएँगे। बेवजह किसी का जिन्दाबाद, किसी का मुर्दाबाद। शहर के ढेर सारे बाबुओं, माताओं-बहनों की नकलें उतारते हैं वे—दवाखाने का बंगाली बाबू उन पर नजर पड़ते ही किस तरह गरम हो उठता है, किस तरह उनके पहुँचते ही मुंशी हलवाई की नाक-भौंह चढ़ जाती है, लोहिया-बाल्टी बेचनेवाले बंजरंगी साह हर वक्त बोहनी तक न होने की बातें उन्हें किस तरह समझा-समझा कर कहते हैं।

जिसे कल की खबर नहीं होती, उसे हर कहीं बच्चा ही कहा जाता है।

भीख माँगती छोकरियाँ विरहिन के बारहमासा गाती हैं। क्या चंचल चितवन केवल मोहनी आँखों का विलास है? काली घटाएँ बस घुँघराली रेशमी अलकों में भ्रमण करती हैं? मन की भाषा का गुलाब केवल गुलाबी होंठों पर खिलता है? मेहँदी केवल सुघड़ हाथों में ही रची जाती है? टिकुली केवल चमकते ललाटों में ही लगाई जाती है? क्या भ्रू-विक्षेपों में प्रेम की सारी लिपियाँ बन्द पड़ी हैं?

अभिशाप-ग्रहण की वेला में अंग-अंग तो मौजूद था, हृदय अपनी सारी धड़कनों के साथ कहाँ भाग निकला था?

खबरदार! कोई मर्द इधर आने न पाए। सावन का इंजोरिया है, और छोकरियाँ जटा-जटिन खेल रही हैं।

भला भाग कर कहाँ जाएँगी ये भिक्षुणियाँ ? कौन-से गाँव ? किन सखियों के पास?...पर जटिन तो भाग ही सकती है। रात ही जटा टीका गढ़ा देने पर

राजी हो गया था और भोर होते-होते उसके तेवर बदल गए। और यह सब हो रहा है पिछले बारह बरसों से। अब तो अधीर हो गई है जटिन। अब नहीं रुकेगी वह, भागकर माँ-बाप के घर चली जाएगी...

एक ही बुद्धू है यह जटा भी! बोलता क्यों नहीं कि 'हे जटिन, टीका साटकर और नथ को पहनकर बाजार घूमोगी, तो भला भीख कौन देगा?' बुद्धू तो है ही, बस वही तोते की पुरानी टें-टें—'मत भागो जटिन, आज भर रुक जाओ। कल ही ला दूँगा तुम्हारे लिए टीका और नथ। जब बारह बरस तक दिल बाँध कर रखा, तो बस आज भर रुक जाओ। अधीर मत हो, री जटिन! एक दिन की मोहलत।'

और मर्द, जब भी मन होता, कनस्तर बजा उठते—'गोरी की सुरतिया, गोरी की पिरितिया...दैवा ही दगा दे गया...' बदरंग-बेमेल आवाजों के बीच एक सरस धारा बह उठती। टेढ़े मुँह हरकत में आ जाते, कानी आँखें सुलग जातीं, लूले हाथ चमक पड़ते, मुँह का तबला ठनठना उठता। एक अनोखी मिठास भर आती उनके स्वरों में—'बोलो हे बबुनी, क्या खाओगी? हाजीपुर का केला या जौनपुर की मूली? या मथुरा का पेड़ा या सिंघेश्वर का दही-चूड़ा? पान सादा या जर्दा? केवल मन तो नहीं टटोल रही?...' और सुन लो, 'मेले में जरा देह सँभाल कर चलो, नहीं तो फुँदना रगड़ में टूट जाएगा।' बबुनी को मनाते-फुसलाते न जाने कितने वर्जित प्रदेशों में कितने सारे अतिक्रमण कर डालते वे।

रात के उतरते ही एक साथ बीसों चूल्हे जल उठते। लगता, किसी मैदान में सेना ने एक पड़ाव डाला है, अपने पूरे लाव-लश्कर के साथ। हाय-माय, रे-बे, दौड़-धूप, भूनी जा रही मछलियों की गन्ध, सड़ी सब्जियों की गन्ध, कूड़े-कचरे की जलने की गन्ध, हर चूल्हे की अलग गन्ध, हर आदमी की अपनी गन्ध—गन्धों का कोलाहल।

पूरब से आखिरी झोंपड़ी घेघू की है, और झोंपड़ियों से कुछ हटकर।

बड़े ठाट से रहता है घेघू। भिखमंगों के बीच, पर तब भी उनसे अलग। हर दुर्गन्ध से बचता हुआ, हर दुर्गन्ध पर थूकता हुआ। झोंपड़ी चमकाकर रखता है वह। घर पर साफ कपड़ा पहनता है। गन्दे कपड़े पहनकर भीख के लिए निकलने की मजबूरी को वह अपनी मेहनत-मशक्कत मानता है। 'आगे नाथ न पीछे पगहा' से जूड़ा एक जीवन-दर्शन भी है उसके पास। राम जितना खाने को देता है, खा लो, मौज-आराम कर लो। जात भी गँवाओ और भात भी न खाओ, लानत है ऐसी जिन्दगी पर! जोड़-जमा का चक्कर दे डाला है जिसे राम ने, उसे जोड़ने दो, जमा करने दो। बड़ों के रोग भिखमंगे क्यों पालें?

बुड्ढा हरलाल। नाक में इतनी बड़ी सुराख बन गई है कि मुँह कंकाल की खोपड़ी जैसा दिखता है। पहली बार देखनेवाला एकाएक चमक उठे। एकदम अपाहिज। गठरी की तरह जहाँ रख दो, वहीं पड़ा रहेगा। हिल-डुल भी नहीं सकता। गालियाँ दे-देकर तो भोजन माँगता है। और उसके उधार बेटे-पोते उस पूँजी की सुरक्षा में लगे रहते हैं। बड़ी बेबाकी से एक दिन घेघू ने उस बुड्ढे से कह डाला था, "चाचा, इस मेले का मोह त्यागो। अपनी जिन्दगी से हमें भी क्यों डराते हो? अब मरकर आराम करो। कहो तो मैं एक चुटकी मसाला ला दूँ, खा कर सो जाओ। कप्तान पुल तक पहुँचा देने का जिम्मा मैं लेता हूँ। मुँह में आग भी दे दूँगा।"

बुड्ढा बेबस नहीं होता, तो आग लगा देता घेघू की झोंपड़ी में। देर तक थूक-थूककर गालियाँ देता रहा था हरलाल। चीख-चीखकर उसने श्राप दिया था—"साले, बदमाश, यह मत जानो कि केवल पके आम ही गिरते हैं। अन्धड़-झक्कड़ में टिकोले भी झड़ते हैं।" घेघू भी थूककर चला गया था, "मरो, मरने का समय नहीं पहचानते तो कुत्ते की मौत ही मरो।"

ऐसी जिन्दगी पर लानत भेजता है घेघू। वह दो चुटकी जहर खाकर प्राण त्याग देगा, पर इस तरह घिसटता हुआ मौत के घेरे में नहीं जाएगा।

न लाश फुँकवाने की चिन्ता, न कौवों-चीलों से इस मिट्टी को बचाने की कोशिश।

घेघू को उन भिखमंगे औरत-मर्दों से भी घोर नफरत है, जो थरथरी में जाड़ा काट देंगे, दाँत कटकटाएँगे, पर ओढ़ना-बिछौना बनवाएँगे नहीं, पैसों को जमीन के अन्दर गाड़कर जमा करते चले जाएँगे, खम्भे की खोखली में गिराते रहेंगे; जबकि कभी-कभी कोई उनका हकदार तक नहीं रहता, न कोई बेटा-पोता, न सगा-सम्बन्धी।

नानी का यही हाल। उस बुढ़िया को बस्ती में सब नानी ही कहते हैं। बुढ़िया उस बेजान गूदड़ को ही अपनी सारी कमाई देकर चली जाएगी, किसी जाड़े में ही। एक दिन घेघू ने अपनी इस नानी से कहा, "मुझे मालूम है नानी, तुम्हारे गूदड़ में थोक-के-थोक रुपये सिले पड़े हैं। किसी दिन कोई चोर आएगा और गूदड़ ले भागेगा। कम-से-कम एक कम्बल तो खरीद ले, नानी!" बुढ़िया अपना मुँह खोलकर 'ही-ही' कर बैठी थी, पर उसकी आँखों में भय उतर आया था, यह घेघू चोर-उचक्का तो नहीं!

नहीं री बुढ़िया, घेघू काहे का चोर, काहे का उचक्का!

घेघू कम्बल पर सोता है और कम्बल ओढ़ता है। वह जाड़े को पछाड़ता रहेगा। मरने को मरेगा पर जाड़े से नहीं। यों तो और भी कई पीते हैं बस्ती में, पर घेघू की तरह नहीं, बूँदों में, बहुत लुक-छिपकर। घेघू तो भट्ठी तक जा पहुँचता है और सैकड़ों दुश्मन आँखों के सामने पहुँचता है, तब तक, जब तक राजसिंहासन पर बैठा नहीं दिया जाता। दिन भर की कमाई पूरी नहीं पड़ती तो पिछले दिनों की बचत तक पी जाता है घेघू। भट्ठी में किसी सुदामा दानवीर की नजरों की परवाह नहीं की है उसने। देनेवाला राम, दिलानेवाला राम। राम ने आज दिया है, राम कल भी देगा। भीख घेघू को कौन देता है? देनेवाला तो राम को देता है और घेघू राम से लेता है। बाजार में लोगों की

बोलियाँ सुन चुका है वह, कनसुइयाँ ले चुका है। उन बेचारों को तकलीफ है कि घेघू भीख माँगकर भी रईस है, भीख खाकर भी मुस्टंडा है।

गालियाँ देने के लिए घेघू मन-ही-मन सैकड़ों जीभें उगा लेता है। एक घेघू ही पीता है? सिर्फ भिखमंगे ही पीते हैं? दुनिया के सारे कुकर्म दूसरों की मिल्कियत हैं, घेघू का किसी एक पर भी हक नहीं? बको। पूर्णिया पैसे नहीं देगा, तो सहरसा देगा, नहीं तो खगड़िया देगा, या फिर कटिहार, देवघर, भागलपुर। जहाँ देने-दिलानेवालों में बजरंगबली, दुर्गा माई, काली माई, भोला बाबा हैं, वहाँ नत्थू-खैरू के चिखने-चिल्लाने से क्या होता है! घेघू के प्रवचन को कोई बस्ती में जाकर सुने। देने को तो वह चौराहे पर भाषण दे डाले, अक्ल जरा आड़े आती है। लोग कहते हैं, हर गरीब शैतान होता है, उसकी नजरों में जहर होता है, उसकी बद्दुआओं में असर होता है। घेघू आह भरता है, काश, ऐसा होता! असर हो, न हो, घेघू बद्दुआएँ देगा ही। किसी दानवीर की इन शर्तों पर तो जरा गौर फरमाइए, जिन्हें एक दस पैसी पाने के लिए हर भिखमंगा सारी की सारी अवश्य पूरी कर दें। इन दाताओं की कल्याण की कामना करते हुए उनके आगे हाथ फैलाकर, गिड़गिड़ाकर दो-चार-पाँच पैसे माँगने वाला प्राणी परम इनसान हो। चोर-बेईमान हो; पूरा का पूरा हरिश्चन्द्र हो; गंगाजल की तरह पवित्र; बदचलन औरत पर भी बुरी नजर नहीं डालता हो; शुद्ध शाकाहारी हो; घास खाता हो; दारू तो हरगिज नहीं पीता हो। भट्ठी की भीड़ हिमालय से लौटे साधु-महात्माओं से ही तो बनती हो जैसे। धन्धे की बात है, नहीं तो मुँह पर जवाब दे मारे घेघू। जिस-तिस के आगे क्यों वह कसमें खाता फिरे कि शराब छूना भी पाप है उसके लिए, गौ-मांस की तरह। बात तो बनती अगर घेघू मुँहफट कुछ अधिक होता, अक्लमन्द कुछ कम।

घेघू की अपनी सवारी है, हाथगाड़ी। बस्ती से कुछ दूर निकलते ही वह उसमें बैठ जाता है और तब उसका छोटे गाड़ी खींचते हुए आगे बढ़ता है।

हर दरवाजे, हर दाता के पास वे अपना पद गा उठते—"दुर्बल को जो देगा दान, उस पर दया करेंगे राम"।

जब से छोटे को पाया है, अपने सीने से लगा रखा है घेघू ने। वह रोज उसे एक रुपया उसकी कमाई के रूप में दे दिया करता है। छोटे रेजगारियों को करारे और खुशबूदार नोटों में बदलकर उन्हें अलग एक डब्बे में जमा किया करता है।

कम काम नहीं किया करता है छोकरा। कितनी मेहनत पड़ती है उसे। पूरे घेघू को हाथगाड़ी में लादकर खींचना, बस्ती से दुर्गाथान, वहाँ से मोहल्ला-मोहल्ला, फिर कचहरी और अन्त में वापस बस्ती। एक सच्चे सेवक के मानिन्द खटता है छोटे। कचहरी में 'अपंग' घेघू को पानी ला-लाकर पिलाना, बीड़ी सुलगाना, खैनी मलना और वे सारे काम, जो अपाहिज भिखमंगों की सेवा टहल में शामिल है, वह छोकरा मन लगाकर किया करता है। कभी-कभार वह चाचा के पाँव भी दबा देता है, सिर पर चम्पी भी कर देता है। कभी अगर घेघू को घर पर कुछ खाने-बनाने का शौक चर्राया, तो छोटे चूल्हा-चौका में भी मदद पहुँचाता है। जरा लोभी खाने-पीने का भी और कुछ पैसे का भी। है तो क्या हुआ? आदमी को लोभ नहीं घेरे, तो संसार का चक्का ही रुक जाए और बड़े-बड़े महात्मा रो-रोकर बेहाल हो जाएँ।

बस्ती से घेघू की गाड़ी निकलती है, तो सीधे दुर्गाथान पर जाकर रुकती है। भिखमंगों की मुरादें जितनी पूरी करती है दुर्गा माई, उतनी तो किसी सच्चे भक्त की नहीं कर पाती होंगी। दर्शनार्थियों की भीड़ लग जाती है वहाँ और हर एक खुदरा पैसा लेकर वहाँ पहुँचता है। भिखमंगों की बद्दुआओं से औरतें जितना घबराती हैं, देवताओं के 'तथास्तु' से उतना खुश कहाँ हो पाती होंगी वे। और घेघू की डायन आँखों में तो जैसे श्राप नाच उठता है, 'पैसे दो, नहीं तो अपने लिए और अपने बाल-बच्चों के लिए यह घेघा लो।'

दुर्गाथान में भक्तों के दिए पेड़े-बताशे खाकर वे दोनों, लोटा-दो लोटा पानी चढ़ा लेते और फिर घेघू की सवारी टोले-मोहल्ले की ओर बढ़ जाती। कचहरी तक के रास्ते में जितने भी टोले पड़ते, घेघू उन सब को छान लेता। वहाँ की आबादी के कितने ही लोगों से उसका एक अनाम रिश्ता कायम हो चुका है। नंग-धड़ंग बच्चे जब-तब मोहल्लों में उसके पद उसी के जैसे गाढ़े स्वर में दोहराते हुए मिल जाते। औरतें उसके हिस्से का भात-रोटी अलग कर देतीं, घर के मर्द जेब में दसपैसी और पँचपैसी डालकर दरवाजे पर आसन जमाते। घेघू सूरज की तरह हर रोज उगता। मोहल्ले के व्याकरण में घेघू का गैरहाजिर होना एक अक्षम्य दोष था।

और सचमुच घेघू को कभी जाड़ा-बुखार भी नहीं लगता। मुलाकात का समय तक निर्धारित, हर एक के साथ। और भिखमंगे तो पूरे इलाके की खाक छानते फिरते। कहाँ का महन्त भंडारा दे रहा है, किस बाबूसाहब के यहाँ श्राद्धभोज है, किसके यहाँ शादी-ब्याह, कब वरुणेश्वर जाना है, कब सिंहेश्वर, कोई बनमनखी चला तो कोई मुरलीगंज। घेघू को यह दौड़-धूप बिल्कुल रास नहीं आती। वह बस अपनी जमींदारी में तहसील के लिए बाहर निकलता। अपनी झोंपड़ी से मोहल्ले होते हुए कचहरी तक की उसकी टेढ़ी-मेढ़ी यात्रा उसके लिए एक उल्लास-नृत्य की तरह, एक रसीले संगीत की तरह मोहक थी।

काबुल में भी गधे होते हैं, कहावत है। जरूर होते होंगे। घेघू के इलाके में भी कई अन्धी खिड़कियाँ और बहरे दरवाजे हैं। हर एक से परिचित है घेघू। पर राम का सन्देश, दया-धरम की बात वह हर खिड़की-दरवाजे को सुना जाता है। कोई भेद-भाव नहीं। कभी-कभी इन घरों से भी कोई-कोई नाक-भौं चढ़ाए हुए आ निकलता है, बासी भात या रूखी रोटियाँ लिये, या मुट्ठी में चावल-आटा लेकर, नाक-भौं चढ़ाए! तो क्या हुआ? गाल बजाकर, मुँह चिढ़ाकर तो बाबा भोले भी पूजे जाते हैं।

मोहल्ले की फेरी समाप्त करते ही घेघू को कचहरी पहुँचने की जल्दी हो जाती।

हर रोज ठट के ठट लोग पूर्णिया पहुँचते हैं बसों-रेलगाड़ियों में लदकर, और वहाँ की जमीन छूते ही दो मुख्य भागों में विभक्त हो जाते हैं। एक भाग अस्पताल का रुख पकड़ता है और दूसरा कचहरी की ओर बढ़ जाता है। इस इलाके में किसी को गँवार सिद्ध करने के लिए यही अफवाह उड़ाई जाती है कि उसने न तो पूर्णिया अस्पताल देखा है और न पूर्णिया कचहरी। कोई भी आदमी अपने बारे में इससे बड़ा और कोई झूठ नहीं मानता। बीमार माँ-बाप का पूर्णिया में इलाज करवा देने भर से यहाँ के बेटे पुत्र-धर्म पूरा कर जाते हैं और माँ-बाप के ऋण से छुटकारा पा लेते हैं। अस्पताल से हो आने पर भी न छूटे, तो समझ लिया जाता है कि ऊपर से बुलावा आ गया। हर बेटा अपना दोष मिटाने के लिए एक बार पूर्णिया छू जाता है।

कचहरी की भीड़ अस्पताल की भीड़ से कई गुनी अधिक होती है। इस इलाके में अन्याय से पीड़ित और शोषित प्राणियों की जितनी संख्या है, इससे उसके दो-चार सौ बरस पिछड़े होने का अहसास जगता है, पर उससे भी अधिक संख्या में अन्याय के विरुद्ध लड़नेवालों की भीड़ से बहुत निकट भविष्य में किसी बड़ी क्रान्ति के घट जाने की सम्भावना दीख जाती है। अन्याय के विरुद्ध लड़ने का एक अजीब शौक पाल लिया है यहाँ के लोगों ने। इस इलाके में बस इसी कारण अगहनी की अच्छी फसल हो जाया करती है। लोगों को मुकदमें का शौक न हो, तो अच्छी फसल उगाने की सारी प्रेरणाएँ ही वे खो बैठें।

भगवान के विरुद्ध लड़नेवाले जो अस्पताल पहुँचते हैं, उनके चेहरे मुरझाये-मुरझाये रहते हैं। बूढ़े माँ-बाप के लिए, जिनका बहुत सोच-विचारकर देखने से अब उठ जाना ही अच्छा जँचता है, बेटे दान-दक्षिणा कम ही करते हैं। लेकिन आदमी के विरुद्ध लड़नेवाले काफी आशावान रहते हैं और

उनके चेहरे खिले हुए रहते हैं। ऐसे लोग कचहरी में घुसने से पहले ही कुछ भिखमंगों के आशीर्वाद से शक्ति, साहस और विश्वास हासिल कर लेते हैं। अस्पताल में भिखमंगों की बद्दुआओं से किसी-किसी का मन हरा हो जाता है। कचहरी में यह सब नहीं चलता।

घेघू जैसा भिखमंगा कचहरी छोड़कर अस्पताल की ओर नहीं जाता। कचहरी के हाते में घुसने का मुख्य दरवाजा पूरब की ओर है। घेघू यहीं बैठता है। सामने से मुख्य सड़क गुजरती है, जो बस-अड्डे से होते हुए कुरसैला-काढ़ागोला की ओर चली जाती है। ठीक सामने बजरंगबली का नामी मन्दिर है, जहाँ हर वक्त भजन-कीर्तन होता रहता है और थोड़ी-बहुत भीड़ मौजूद रहती है। उसके आगे बाजार शुरू हो जाता है। मन्दिर के सामने ही यहाँ का सबसे बड़ा चौक है, जहाँ इस कस्बे की खबरें बनती-बँटती हैं। पास ही एक छवि-गृह। कमाई के लिहाज से भिखमंगों के लिए इससे बेहतर और जगह नहीं।

घेघू के पद की स्वर-लहरियाँ सड़क तक के राहगीरों के कर्ण-विवरों में प्रवेश पा लेतीं। जीत-हार का फैसला सुनने आए मुकदमेबाज कचहरी में घुसने के पहले ही घेघू से टकरा जाते और उसके राम से दया की भीख ग्रहण कर लेते। घेघू पर पहली-पहली बार दृष्टि डालनेवाला शख्स अवश्य ही चीखने-चीखने को हो जाता होगा और दुपैसी-पँचपैसी डालने के बजाय डर से दसपैसी-बीसपैसी डालकर बिना अगल-बगल देखे वहाँ से सीधे बजरंगबली के मन्दिर में जाकर आँखें मूँदे पूरे मन से बुदबुदाता होगा, 'हे पवनसुत, इस घेघू से बचाना, हनुमान चालीसा का पाठ करूँगा।' पूर्णिया के कितने ही घरों में जब से बच्चों ने गीदड़ से डरना छोड़ दिया है, माँ रोते बच्चों को अब घेघू के नाम से डराने लगी हैं, 'रो मत नुनु, नहीं तो घेघू आएगा और उठाकर ले जाएगा।'

दोपहर में घेघू समय निकालकर वहीं अपना भोजन छोटे के साथ कर लेता। मोहल्ले में प्राप्त खाद्य पदार्थ काफी मात्रा में होते। भोजन के तुरन्त बाद छोटे दो बीड़ियाँ सुलगा लाता, एक घेघू को देता, दूसरे में खुद दम लगाता। फिर खैनी मलकर वह घेघू की गाड़ी में रख देता और खुद आराम करने किसी वृक्ष की छाँह में चला जाता, या दो-चार पैसों के लोभ में बस-अड्डे की ओर। तब घेघू पूरा पद अकेले ही चिल्लाना शुरू करता, 'दुर्बल को जो देगा दान...'

अन्धेरा होने से पहले घंटे-दो घंटे के लिए बजरंगबली के मन्दिर के पास भी टिक जाता। कुछ पैसे झड़ ही जाते। और फिर अन्धेरा होते-होते गाड़ी खींचते हुए बस्ती की ओर चल पड़ता। इस बीच घेघू चौक से छोकरे के जरिये चुपके से एक फूलों की माला अवश्य मँगवा लिया करता है। जब से रनिया को जूड़े में फूल खोंसकर बस्ती में आते-जाते देखा है, तब से ही घेघू भी अपने व्यक्तित्व को आकर्षक बनाने के लिए गले में फूलों की माला डालकर बस्ती में प्रवेश करता है।

दस पैसे में खरीद लिया करता है एक सपना।

बस्ती में पहुँचते ही घेघू बिलकुल अपाहिज नहीं रहता, जैसे कोई बुत अचानक सजीव हो उठा हो। वह अपना भिखारी जामा उतारता, दिशा-मैदान से फारिग होता और मुँह-हाथ धोकर भट्ठी का रुख पकड़ लेता। रात का खाना वह नहीं खाता, दारू के साथ चखना, घुघनी-मुड़ही के साथ मांस-मछली के कुछ टुकड़े।

रात के इस जश्न में छोटे शरीक रहा करता। शराब की घूँट-दो घूँट, मांस-मछली का एक-आध टुकड़ा उसके हिस्से में भी आ ही जाता। हालाँकि उम्र उसकी पन्द्रह-सोलह से अधिक की न होगी। पर शराब पीने की बान पड़ गई है। यहाँ तो घेघू उसका चाचा बनने से भी एतराज कर

जाता है और उसे एक जिगरी दोस्त का दर्जा दे डालता है। सारे शराबियों-जुआरियों और व्यभिचारियों की तरह तब घेघू भी उम्र का जामा उतारकर रख देता।

रिश्ते कभी-कभी सुनसान में पड़े सिक्कों की तरह होते हैं, जिन्हें लोग अचानक देखकर खुश हो जाते हैं और उठाकर कमर में खोंस लेते हैं। रिश्ते का एक ऐसा ही सिक्का घेघू और छोटे को एक दिन बस-अड्डे में मिल गया था। छोकरा दिनभर वहाँ पैसा माँगता और रात किसी छाँह में या खुले आकाश के नीचे बस-अड्डे के कुत्तों के साथ काट लेता। घेघू की नजर इस बेसहारा बच्चे पर पड़ गई थी। खुले आकाश में जाड़े की एक ऐसी रात काटी थी उस बच्चे ने कि सुबह उसकी नाक से खून बह निकला था। उस दिन ही घेघू उसे कह-सुनकर अपनी बस्ती में ले गया था। यह दो बरस पहले की बात है।

घेघू ने उसे बिलकुल अपना बना लिया था। वह उसे खूब खिलाता-पिलाता। दारू पीने की इच्छा छोकरे ने ही प्रकट की थी। वह तो केवल उसकी बात मान गया था। पर घेघू को यह अच्छा नहीं लगा था। जब उम्र की पाबन्दी भीख माँगने पर नहीं, तो फिर शराब पीने पर क्योंकर? यहाँ भी वह कुछ अधिक उपयोगी हो जाता घेघू के लिए। शराब अकेले पीने की चीज ही नहीं। एक गानेवाला हो तो दूसरा ताल देनेवाला, एक रोने लगे तो दूसरा आँसू पोंछता चले। छोटे की खसकन्त का अब डर कोई नहीं था घेघू को। अब उसके दो-दो चाचे थे—एक घेघू, दूसरा दारू।

भट्ठी का आँगन काफी लम्बा-चौड़ा है। भीड़ इसी आँगन मुं जमती है। पियक्कड़ों का रोना-गाना यहीं चलता है। दारोगा-जमादार के आने पर यहीं भरभराहट होती हैं। झगड़ा-झंझट करने, गाली-गलौज देने और लाठी-मुक्के चलाने के लिए इस आँगन का भूगोल पियक्कड़ों को अधिक जँचता है। घेघू यहाँ नहीं बैठता।

घेघू भट्ठी के पिछवाड़े में अपना आसन जमाता है। यही उसकी मुकर्रर जगह है। यहाँ हलचल नहीं, कोई कचकच नहीं, शान्ति है, आदमी आराम से पी सकता है। बुरी नजरें पीछा नहीं करतीं।

आज भी घेघू अपनी मुकर्रर जगह पर जा बैठा है। छोकरा एक बड़े-से दोने में चखना लिए आता है, भूँजा और भूने हुए मांस के कुछ टुकड़े। घेघू पालथी मारकर बैठ जाता है। छोटे को आज एक के बजाय दो बोतल दारू लाने के पैसे देता है। छोकरा कुछ अतिरिक्त खुशी के साथ माल ले आता है। घेघू एक पूरी बोतल ही मुँह से लगा लेता है। तो उसे कुछ हैरत होती है और वह खुला-खुला मुँह घेघू को निहारने लगता है। बोतल खाली कर घेघू दम भरता है और फिर छोकरे से कहता है, "तुम मेरा मुँह क्या ताक रहे हो टुकुर-टुकुर? अपना ले लो।"

यह रिवाज-सा बना हुआ था कि बोतल मँगवाकर घेघू छोकरे के गिलास में उसका हिस्सा डाल दिया करता था और तब खुद चखना के कौर के साथ दारू का घूँट लिया करता। आज तो जैसे हवा गाड़ी पर सवार होकर आया हुआ था। चाचा का रवैया देख छोटे को गाँव के बेईमान चाचा की याद आ गई थी, पर शीघ्र ही उसकी जान में जान आ गई। सहमते हुए उसने दूसरी बोतल से अपने गिलास में शराब ढाली और शेष माल घेघू की ओर सरका दिया। घेघू ने बोतल उठाकर कुछ और दारू उसके गिलास में डाल दी और बड़े प्यार से बोला, "आज तुम भी कुछ अधिक पियो। आज हर पीनेवाला कुछ फाजिल पीता है।"

"क्यों चाचा?" गिलास मुँह से लगाने से पहले छोकरे ने भी मुसकराते हुए पूछा।

"आज होली है रे, फगुआ!"

छोकरे को बस-अड्डे की अपनी होली का ध्यान आ गया। सुबह होते ही हर चेहरा मैला-मैला नजर आने लगता था। बाहर से आनेवाली बसें कीचड़

से पुती आती थीं। अन्य भिखमंगे छोकरे की तरह वह भी दिनभर धूल उड़ाता रहता। होरिहारों का दल फाग गाने में मशगूल होते, गानेवाला मचल-मचलकर गाते, ढोलकों तक ने न फूटने की कसमें खा ली थीं। वह दूर से 'सा-रा रा-रा' के बोल उड़ा लेता और फिर पूरे अड्डे में उछल-उछलकर, नाच-नाचकर उन गीतों को बासी करता। भिखमंगे बच्चों के इस उत्सव में बस-अड्डे के कुत्ते शरीक हुआ करते और बाहर से आए मुसाफिरों की तरह ही बच्चों के हाथों में धूल और कीचड़ देखकर चौकड़ी भरते हुए भागने का उपक्रम करते।

घेघू भी न जाने कब से फाजिल पीने लगा है। पिछली होलियों में उत्सव की शुरुआत वह जरा सबेरे ही भट्ठी जाकर एक बोतल पीकर किया करता और फिर सारा दिन झोंपड़ी के अन्दर पड़ा-पड़ा ऊँघता रहता। न जाने कहाँ-कहाँ से आ-आकर फगुहारों के स्वर तब भी उसके कानों से टकराते, तब वे बेअसर लौट जाया करते क्योंकि तब उन आवाजों में न कोई व्यतीत बोलता है और न कोई भविष्य झाँकता। व्यतीत भी इतना वीरान हो सकता है? भविष्य इतना ऊसर?

पर जब से रनिया इस बस्ती में आई है, चाँद भी कुछ फाजिल चमकने लगा है। आते ही रनिया ने उसके खयालों में घर बना लिया, हालाँकि तब घेघू को जितना चाँद पहचानता था, उससे कम-अधिक रनिया भी नहीं। पर सपने सोनेवालों से ही कितना ताल्लुक रखा करते हैं!

और झोंपड़ी खड़ी कर लेने के बाद घेघू बन्धनों का भी सुख खोजने लगा। बूढ़े दम्पति उसके नजरों में अटकने लगे, जवान जोड़ों पर उसकी निगाहें जमने लगीं। हर खेलते-मुसकराते बच्चे में वह कुछ ढूँढ़ने लगा।

आज कुछ फाजिल पी लेने से घेघू के पाँवों में कुछ फाजिल हरकतें होने लगीं, दिल कुछ फाजिल धड़कने लगा और होंठ कुछ फाजिल बुदबुदाने लगे।

लड़खड़ाते पाँवों और लड़खड़ाती आवाजों की जिन्दगी हजार रंगों में जल्वागर थी वहाँ। गीतों और गालियों का कोलाहल। अब घेघू शरीक था उन सब में। और धीरे-धीरे किसी अथाह में डूबता चला जा रहा था। महाजनों की नगरी में एक भिखारी घूमने लगा, भिखमंगों के शहर में एक शहंशाह की तरह।

मन के घोंसले से उड़ा पंछी मुक्त गगन में उड़ाने भरता हुआ पूरी धरती को नकारने लगता है। धरती के ढेर-सारे प्रश्नों को बहुत पीछे छोड़ते हुए एक ऐसा ही पंछी उस दिन असीम आकाश में मंडराने लगा था। खुशियाँ भी गरीब होती हैं? मन भी भिखारी होता है?

एक आवाज न जाने कितनी गहराइयों से उभरी थी, बेसुरी नैसर्गिक मिठास से भरी-पूरी। घेघू गा उठा था—

तोरे झाँझर घुँघटवा के पार गोरिया,
चमके चंदा-सा मुखड़ा तोहार गोरिया।

न जाने किसने सर्वप्रथम झीने घूँघट के पार गोरी का चाँद-सा मुखड़ा देखकर बेवजह चीख-चीखकर हल्ला मचा दिया था। आज जब घेघू ने घूँघट के पार देखा, तो उससे भी चुप रहा न गया। ऐसा पहले नहीं हुआ था। जब-जब घेघू ने इस तरह देखने की कोशिश की थी, उसकी आँखों के आगे एक महाशून्य उपस्थित होता रहा था।

पर आज उस शून्य को गेंद की तरह ठोकर मारकर रनिया खिलखिला रही थी।

छोटे गौर से घेघू के चेहरे को निहारता है, मुसकराता है और फिर भट्ठी के पिछवाड़े में जोरों से खिलखिला पड़ता है। घेघू अपनी भारी पलकें उठाता है, आँखें फाड़कर छोकरे को देखता है, पर उसके इस तरह हँस पड़ने का जरा भी बुरा नहीं मानता और पलकें बन्द कर पुनः चालू हो जाता है, 'तोरे झाँझर...'

छोकरा सोचता है, डेढ़ बोतल का चाचा पौने गिलास के भतीजे से कितनी दूर निकल गया है। और फिर कुछ ढीठ बनकर वह अपनी जाँघों पर ताल देने लगता है और मुँह से 'ताक धिनाधिन ताक धिनाधिन' के बोल निकालता है। जल्दी ही वह भी जवान होकर डेढ़ बोतल का असामी बन जाएगा। छोटे ने मन की बात मन में ही रखी।

गाते-गाते घेघू अचानक रुक गया और कुछ क्षणों तक बिलकुल खामोशी से छोकरे को घूरते रहने के बाद कहा, 'मन की एक बात बताऊँ, छोटे?'

जब छोकरा बस-अड्डे में अपने दिन गुजारता था, तो दुख-सुख की बातें कुत्तों से किया करता था, 'आज खाना मिलेगा या नहीं, मोती ? आज बारिश में कहाँ सोऊँगा, रे?' कुत्ता दुम हिलाता।

न जाने मन की कौन-सी बात कहना चाहता है चाचा! उत्सुकताओं के बीच मुँह से निकला, "क्या?"

"मेरा ब्याह करने को जी चाहता है।" चाचा ने कहा।

छोकरा अपने खाने-पीने की बातें कुत्तों से किया करता था, सूनेपन के बीच। घेघू ने अपने ब्याह की इच्छा छोटे के सामने प्रकट की, बरसों पुरानी खामोशी तोड़ते हुए। जब आस-पास कोई दोस्त नहीं दिखता, तो किसी दुश्मन को भी पास बैठा लेने को जी चाहता है। सामने कोई तो परिचित है! तब कटकर अलग हुआ संसार कुछ पास सरक आता है। घेघू ने बच्चे के आगे मन की बात खोल दी।

छोकरे की आँखें हैरत से बाहर निकलने-निकलने को हो गईं। उसके मुँह से एकबारगी निकला, "इस उमर में, चाचा?"

घेघू झेंपा नहीं। उसने तड़ातड़ कस्बे के पाँच-सात बुड्ढों की शादियों की चर्चा कर डाली, उतरती उम्र में हुए उनके बच्चों का जिक्र किया और फिर कहा, "अभी तो मेरी डोर बहुत मजबूत है रे, छोटे, अभी क्या हुआ है? एक बाल भी सफेद दिखता है तुम्हें ?"

और फिर घेघू ने छोटे को बताया कि एक दिन उसने मधुबनी चौक के पंडित को पचीस पैसे देकर अपना हाथ दिखाया था। पंडित ने उसे हथेली फैलाने को कहा था और फिर बड़े ध्यान से उसकी सारी रेखाओं को पढ़ गया था और कहा था कि उसके भाग्य में घर-द्वार भी हैं, बाल-बच्चे भी।

छोटे बड़े ध्यान से घेघू की बातों को सुनता रहा और घेघू को चुप होते ही पूछा, "तुम्हें पंडित की बातों पर विश्वास होता है क्या, चाचा?"

"हाँ रे," घेघू पूरी गम्भीरता के साथ कह रहा था, "वे झूठ नहीं बोलते। हाथ की रेखाओं में सारी बातें लिखी रहती हैं। पंडित उन्हें पढ़ लेते हैं और यह पंडित तो नामी ज्योतिषी है। सौ-दो सौ आदमियों के हाथ तो वह रोज जरूर देखता है।"

"हाँ, चाचा, पंडित भला झूठ क्यों बोलेंगे! फिर तो तुम शादी कर ही लो।"

"और छोटे, मैं देखता हूँ, हो सकता है कि तुम्हारा भी ध्यान इस ओर गया हो, कि उस दिन से ही रोज झोंपड़ी के सामने एक कौआ आकर काँव-काँव कर जाता है। गाँव में तुमने भी सुना होगा, कागा शुभ सन्देशा लाता है।"

"ठीक है चाचा, शादी कर लो। पर उससे पहले मेरी अलग झोंपड़ी के लिए बाँस-फूस ला देना।"

इस बार घेघू के खिलखिलाने की बारी थी। वह हँसते हुए उठ खड़ा हुआ, "चलो छोटे, अब घर चलें।"

जाते हुए घेघू को ऐसा लगने लगा कि उन दोनों के साथ कोई तीसरा भी चल रहा है।

बस्ती में अभी भी कई चूल्हें जल रहे थे और हर एक को घेरकर औरत-मर्द बैठे हुए थे। बच्चे उछल-कूदकर फाग गा रहे थे और 'भैया रे बोल कबीरा' के गलत-सलत टुकड़े कभी हवा में और कभी एक-दूसरे पर उछाल रहे थे। छोटा-सा हंगामा अभी भी जारी था।

घेघू अपनी झोंपड़ी में घुसने को हुआ, तो छोटे ने कहा, "चाचा, तुम सोओ, मैं जरा घूम-घामकर आता हूँ।" घेघू ने उसके कन्धे पर हाथ रखकर अन्दर जाने का इशारा किया और कहा, "पहले मेरा एक काम कर दो।"

"कौन-सा काम, चाचा?" बात हैरत की ही थी। इस वक्त पहले कोई काम नहीं हुआ करता था।

अन्दर छोटे चटाई पर बैठ गया। घेघू ने छत के फूस में खुँसी कागज की एक पुड़िया ढूँढ़कर निकाली। बैठकर उसे खोला, उसमें एक हँसता हुआ नकबेसर था।

"क्या काम है, चाचा?" छोटे की उत्सुकता और भी बढ़ गई, "इसे तो औरत नाक में पहनती है। यह तुम्हारे पास?"

घेघू ने एक बार नकबेसर हाथ में झुलाकर देखा और फिर छोटे से कहा, "इसे तुम रनिया को दे आओ।"

"रनिया को? क्यों, चाचा?"

"चीखो मत, धीरे बोलो।"

"रनिया को क्यों दोगे, चाचा?" इस बार छोटे ने फुसफुसाकर कहा।

"तुरन्त भूल गए? मैंने तुझसे अपने ब्याह की बात नहीं बताई थी?"

"रनिया से ब्याह करोगे?"

"क्यों, यह बुरी बात तो नहीं ? वह मेरे हिस्से में आई है। भगवान ने उसे भेजा है।"

"आज ही ब्याह करोगे?"

"अब बात तो पक्की कर लूँ, तुम्हें तो मेरी इस उम्र पर भी एतराज है। दिन-दिन उमर तो बढ़ती ही जाएगी। बिना औरत का घर भी तो सूना-सूना लगता है। मर-खपकर आता हूँ, तो कोई पाँव दबानेवाला भी तो होना चाहिए।"

"पाँव तो मैं भी दबा दूँगा, चाचा। तुम इसकी फिक्र क्यों करते हो? और रनिया तो तुम्हारे पाँव नहीं दबाएगी, यह जान लो।"

"पाँव नहीं दबाएगी, पर खाना तो बनाएगी हम दोनों के लिए। तुरन्त जो भट्ठी की तरफ दौड़ता हूँ, वैसा तो नहीं करना पड़ेगा। तुम भी थक-मर जाते हो, और फिर भोजन के लिए बिलबिलाना पड़ता है।"

"चाचा, रनिया तो चटोरी है, खुद इधर-उधर चाटती-फिरती है। वह तुम्हारा खाना बनाएगी, इस उम्मीद पर तो न रहो।"

"किसी उम्मीद पर ही तो शादी कर रहा हूँ, रे। तू बात क्यों नहीं समझता? खाना नहीं बनाएगी, तब भी कोई हर्ज नहीं। घर की देख-भाल तो करेगी।"

"वह कानी भी है, चाचा।"

"लंगड़ी से तो अच्छी हुई। इस बस्ती में तो हर एक का शरीर गला-पचा है। किसकी औरत कभी रनिया जैसी रही होगी यहाँ?"

"लेकिन चाचा, वह तुम्हारे वश में रहेगी, मुझे इसमें सन्देह लगता है।"

"रहेगी, रहेगी, छोटे। जब खूँटे से बँध जाएगी तो सब ठीक-ठाक हो जाएगा। एक बच्चा हो जाए तो फिर देखना, रनिया किस तरह झुककर रहती है।"

"सो तुम जानो, चाचा। मुझे तो जैसा कहोगे, करूँगा।"

"तो ठीक है, अब तुम नकबेसर उठाओ और जाओ।"

जाने से पहले छोटे ने पूछ लिया, "रनिया के बाप से तुमने बात तो कर ली है, चाचा?"

"नहीं रे, उसके बाप से क्या बात करूँगा? उसके मन से क्या होगी?"

"उसके बाप से नहीं पूछा है?" फिर छोकरे ने होंठों पर मुसकराहट लाते हुए कहा, "तब जरूर तुमने रनिया को फुसलाया है, चाचा। हूँ..."

"क्यों रे, रनिया मुझ पर डोरे नहीं डाल सकती क्या?" घेघू ने जवाबी मुसकराहट के साथ कहा, "वही मुझसे लटर-पटर रखती है।"

"बस-बस, यही बात है। अब सब समझ गया मैं। जैसे भवानीपुर वाले लँगड़े ने रामपुरवाली को पटा लिया।"

"अब जाओ भी। कहना, मैंने बुलाया है।"

"अभी?"

"हाँ," पलक झपकते हुए घेघू ने कहा और फिर पूछा, "कितनी देर में आ जाओगे? मालूम है न, वह कहाँ मिलेगी?"

"हाँ, जेल चौक पर।"

"ठीक, ढूँढ़ तो लोगे? साथ लेकर ही आना। खाली नहीं लौटना।"

जेब में नकबेसर डालकर जब छोटे उठ खड़ा हुआ, तो घेघू ने पूछा, "क्या कहोगे रनिया से?"

"उसे नकबेसर दे दूँगा और यहाँ आने को कहूँगा।"

"और कुछ नहीं कहोगे?"

"और क्या?"

"पूछेगी तो, नकबेसर क्यों दिया है, क्यों बुलाया है?"

"शादी की बात पक्की करने। यही तो?"

"बस इतना ही कहोगे?"

"जो सब कहूँगा, वह मुझे बता दो ठीक-ठीक। भीख जिससे कहो, लेकर दिखा दूँ, पर यह सब मुझे नहीं आता है।"

"तुम्हें यह तो बताना ही पड़ेगा कि वह मेरे घर में सुख से रहेगी या दुख से।"

"हाँ, यह तो बताऊँगा ही कि वह तुम्हारे घर में बहुत सुख-आराम से रहेगी।"

"एक बात और जान लो छोटे कि मैं उसे भीख माँगने नहीं जाने दूँगा।"

"हाँ, चाचा, तुम इतना कमा लेते हो, फिर उसे भीख क्यों माँगनी पड़ेगी?"

"यह सब उससे कह देना।"

"हाँ-हाँ, यह सब तो कहना ही है।"

"यह भी कह देना कि मैं उसे कपड़े-लत्ते, तेल-फुलेल, नथ-बाला किसी चीज की कमी नहीं होने दूँगा। मैं भिखमंगा हूँ तो क्या, उसे परी बनाकर रखूँगा। और फिर पंडित की बात आज न कल सच होकर रहेगी।"

मैं उसे पंडित की बात भी बता दूँगा, चाचा। वह दौड़ी-दौड़ी चली आएगी। उसकी कानी आँख पत्थर की बनवा देना, चाचा।"

जवाब में घेघू होंठ बिचकाते हुए हँस पड़ा तो छोटे ने गम्भीरता से कहा, "हँसो मत, चाचा। धुरन्धर बाबू की भी एक आँख पत्थर की है। दूर से किसी को पता भी नहीं चलता।"

"उतने पैसे होंगे तो वह भी कर डालूँगा। अब तू जा।"

उधर छोकरा बस्ती से बाहर हुआ और इधर घेघू के दिल की धड़कनें बढ़ गईं। उन धड़कनों को पढ़कर कोई भी कह सकता था कि रनिया के सौभाग्य का सूरज आकाश में चढ़ने लगा है, और घेघू को लग रहा था कि वह ब्याह की पालकी में बैठ चुका है, कहारों ने पालकी उठा ली है, अब बस उस बँसवाड़ी के पार, अगले ही गाँव में वे कन्धे से पालकी उतार रखेंगे, गुदगुदियों में सारा शरीर नहीं उठा।

एक नई दुनिया बिलकुल उसके पास चली आई थी। आओ घेघू, इसमें वास करो। किसी दिन एक तीसरा भी दाखिल हो जाएगा, 'केहूँ, केहूँ...' जब वह चाँद के लिए हठ करेगा, तो घेघू आकाश से तोड़कर चाँद ला देगा।

कितना अच्छा होता, सपने बाजारों में बिका करते! तो हर कोई उन्हें खरीद तो नहीं पाता। आज यों भी जहर का नशा चढ़ा हुआ था घेघू पर। वह बहक रहा था बेतरह...

...छोटे अब पहुँच गया होगा रनिया के पास। पाँव भर जमीन भी तो नहीं है जेल चौक... रनिया अवश्य मिल गई होगी...रनिया को इशारे से बुला ले गया होगा छोटे, कठपुलवा के नीचे अन्धेरे में... अब उससे बातें कर रहा होगा...

...नकबेसर देखते ही रनिया को उस दिन की बात याद आ गई होगी। मैंने कहा था, "नाक में एक नकबेसर डाल लो, तो परी की तरह लगोगी, रनिया!" तब उसने पूछा था, "परी कैसी होती है, देखी है तुमने?" तब मैंने कह दिया था, "बिलकुल तुम्हारी तरह। पर उसकी नाक में एक नकबेसर भी होता है।" हँसकर आगे बढ़ गई थी रनिया।

उन दिनों रनिया को देखकर उसका मन बरबस जोर-जोर से फगुआ गाने को मचल पड़ता, "ले भागा, रे, ले भागा, नकबेसर कागा ले भागा।'

...वह उलट-पलटकर देख रही होगी नकबेसर। और अब पहन रही होगी। अगले दिन जब मैंने फिर टोक दिया था, तो उसने अपनी रजामंदी लगभग जाहिर कर दी थी, "एक नकबेसर ला दो, तो पहन लूँगी, घेघू भैया।" "खबरदार!" मैंने कहा था, "एक की जगह सौ नकबेसर ला दूँगा, पर मुझे भैया-भैया मत कहा कर।" हँसती हुई भाग गई थी रनिया, और घेघू की दो आँखें ध्रुवतारा की तरह चमक उठी थीं।

...नकबेसर पहनकर उसने छोटे से जरूर पूछा होगा, "कैसा लगता है?"

"बहुत सुन्दर।" घेघू के मुँह से अनायास निकल पड़ा। छोटे ने भी जरूर यही कहा होगा, "बहुत सुन्दर।"

...और अब रनिया आ रही होगी...

घेघू जल्दी से उठकर बिस्तर ठीक-ठाक करता है। सबसे साफ चादर डालता है उस पर। तकिया लगा देता है। और फिर लेटकर प्रतीक्षा करने लगता है। नशे में उसकी आँखें मुँद-मुँद जाती हैं। पर तब भी हर आहट, हर पदचाप पर वह चौकन्ना हो उठता है और दरवाजे से बाहर झाँकता है।

संसार के सारे हृदय सहोदर हैं।

बहुत देर कर दी छोटे ने। नहीं, देर रनिया ने लगाई होगी। वह फूल ढूँढ़ रही होगी जूड़े में खोंसने के लिए। वह जानती है, फूलों से सजा जूड़ा पसन्द करता है घेघू। उस दिन जब जूड़े में फूल खोंसे वह गुजर रही थी, तो मैंने

टोक ही दिया था, "यह फूल बड़ा फबता है तुम पर, रनिया।" रनिया से उसकी यह पहली मुलाकात थी। पहली मुलाकात की पहली मुसकराहट पर घेघू जान से फिदा हो गया था।

सब कुछ याद होगा रनिया को।

इस बार सचमुच कोई था। अन्धेरे में एक छायाकृति को घेघू ने अपनी झोंपड़ी की ओर आते देखा। यह कौन हो सकता है? तब तक छोटे सामने हाजिर हुआ। अकेला छोटे? क्या रनिया बाद में आएगी? उस दिन तो उसने स्पष्ट कहा था, 'एक नकबेसर ला देना, तो पहन लूँगी।' औरत और क्या कहती?

छोटे दरवाजे पर रुके बगैर अन्दर आ गया और धम्म से बिस्तर पर बैठ गया। पीछे-पीछे घेघू भी आया और पूछा, "क्या हुआ, छोटे?"

छोटे अपनी साँसों को ठीक करने में लगा था। उसने छोटा-सा जवाब दिया, "उसकी बात मत करो, चाचा।"

जैसे किसी बच्चे ने उसे डाँट दिया हो। वह बिलकुल सन्न रह गया। न जाने कितनी तब्दीलियाँ आ गईं घेघू के अन्दर। भूचाल, हाहाकार, और फिर मलबों का ढेर। पर तब भी वह स्थिर रहा, पाँव तले की जमीन खिसक नहीं गई, किसी आँधी ने उसे उड़ा नहीं लिया।

कुछ पाया नहीं घेघू, तो खोया ही क्या?

"जाकर क्या कहा तुमने?" घेघू ने अपनी आवाज को काँपने नहीं दिया।

"उसे नकबेसर दे दिया और जो कुछ तुमने सिखाया था, सब कह दिया।"

"क्या बोली वह?"

"नकार गई चाचा, साफ नकार गई।"

"तुमने उसे बता दिया था कि मेरे साथ उसका सारा दलिद्दर दूर हो जाएगा।"

"खूब ठीक से बता दिया था।"

“यह भी कि मेरे घर में वह रानी की तरह रहेगी?”

“यह तो मैंने बार-बार कहा।”

“और क्या कहा तुमने?”

“मैंने उससे कहा कि घेघू चाचा का जोड़ा पूरी बस्ती में नहीं मिलेगा। तुम तो भागवंत हो जो घेघू चाचा तैयार हो गए हैं।”

“तब क्या कहा उसने?”

“उसमें ऐंठ तो कम नहीं है, चाचा। कहने लगी, मैं उस घेघू से ब्याह नहीं करूँगी, उसके घेघा से मुझे डर लगता है। बिलकुल झूठ। घेघे से क्या डर लगेगा! लूले-लँगड़ों के साथ दिन-रात कूल्हे मटकाती फिरती है और तुम्हारे घेधा से उसे डर लगने लगा।”

ऐसे दुर्वचन आज तक किसी ने नहीं कहे थे।

नकबेसर आगे बढ़ाते हुए छोटे ने कहा, “भगवान जो करता है, वह अच्छा ही करता है। रनिया तो बदमाश है चाचा, हर-हमेशा तो कंघी-चोटी में लगी रहती है। वह दस घरों की झूठन खानेवाली है। तुम्हारे एक घर से भला उसका गुजारा कैसे हो। बस, यही समझो चाचा कि भगवान ने तुम्हें बचा लिया। वह सुख-दुख में कभी काम नहीं आती।”

घेघू गुमसुम सुनता रहा। उसका ध्यान उन असंख्य आँखों की ओर चला गया था, जो हाट-बाजार में उसे देखकर भय और जुगुप्सा से भर उठती थीं।

“और कानी भी तो है। सुबह-सुबह उठकर उसकी कानी आँख देखोगे? तुम इतना भी नहीं जानते हो कि इससे अशुभ होता है?”

घेघू और भी बहुत कुछ गुमसुम सुनता चला जाता। उसके कान रनिया की पिछली खिलखिलाहटों की ओर लगे हुए थे। जब-जब रनिया हँसती हुई उसके आगे से गुजर गई थी, वह जरूर उसके घेघे पर हँसी होगी।

जितनी थकावट छोटे को दौड़-धूप से नहीं हुई थी, उससे कहीं अधिक घेघू चाचा की उदासी ने पैदा कर दी थी। उसे नींद आने लगी। उसने अपना

बिस्तर लगा लिया, पर ज्यों ही सोने को हुआ कि घेघू ने अपनी खामोशी तोड़ दी, "देखो छोटे, बाबा भोले ने मुझे दौलत नहीं दी है, विद्या नहीं दी, माँ-बाप के मर जाने पर किसी ने आसरा नहीं दिया, पर तब भी एक सहारा दे दिया कि कमा खा लेता हूँ। भिखमंगे यहाँ भी तो बहुत हैं, पर किस पर है बाबा की ऐसी कृपा? मैं तो आँख-नाक से दुरुस्त हूँ। हाथ पैर सलामत हैं, लूला-लँगड़ा नहीं हूँ। कोढ़ियों की तरह दिन-रात मक्खियाँ नहीं उड़ाता रहता। किसी घाव-घोस के दर्द से रात भर छटपटाता नहीं, चीखता-रोता नहीं। और भिखमंगों की भी दशा देख लो। पर तब भी कमाता किसी से कम हूँ क्या? बाबा ने गले में ऐसा गलेगंड डाल दिया है कि पाँच-दस रोज कमा ही लेता हूँ।"

"हाँ, चाचा।"

"उस कानी के लिए अपना घेघा कटवा दूँ क्या? बाबा की दी हुई एक यही दौलत तो है मेरे पास। साली बद्दुआ देती है डायनों की तरह। ऐसी औरत से क्या शादी की जा सकती है? बोलो, छोटे?"

"नहीं चाचा, और फिर तो वह बड़ी छिनाल है।"

"हाँ, रे हाँ, कानी भी तो है।"

एक क्षण के लिए खामोश हो गया था घेघू, और तब वह एकबारगी छोटे से पूछ बैठा, "सच बता छोटे, क्या यह घेघा तुम्हें भी बुरा लगता है?"

छोकरा हड़बड़ाकर उठ बैठा। और उसने तेजी से जवाब दिया, "नहीं चाचा, तुम कैसी बातें करते हो?" और फिर घेघे को हथेली से सहलाते हुए कहा, "मुझे कैसे बुरा लगेगा? भगवान की दी हुई दौलत है। इसी की कमाई तो मैं भी खाता हूँ। मैं तो खुद भगवान से मनाता हूँ कि हे भगवान! सड़े-गले भिखमंगे की तरह मेरे हाथ-पैर मत सड़ाना। बस, घेघू चाचा की तरह एक घेघा मुझे भी दे देना।"

घेघू ने अब छोटे को सो जाने को कहा। थकावट के मारे उसे जल्दी ही नींद आ गई। घेघू खम्भे के बाँस से पीठ टिकाये देर तक न जाने भूत-भविष्य

के किन-किन कोनों में झाँकता रहा। फिर वह उठा और हाथ में नकबेसर लिए झोंपड़ी के बाहर मैदान की ओर निकल गया। करीब सौ-सवा सौ कदम चलकर वह रुका और फिर अपनी पूरी ताकत से हाथ घुमाते हुए नकबेसर पास की तालाब की दिशा में फेंका और बगैर मालूम किए कि नकबेसर तालाब में गिरा, या झाड़ियों के बीच, वह तेजी से वापस मुड़ गया।

मुट्ठी में उस वक्त केवल नन्हा-सा नकबेसर ही बन्द था? न जाने और ढेर-सी कितनी सारी चीजें थीं, जो अचानक बन्द मुट्ठी में प्रवेश पा गई थीं, और घेघू ने जिस ताकत और तेजी से अपना हाथ उछाला था, उससे तो यही लगता था कि वे सब-की-सब तालाब और झाड़ियों से दूर, बहुत दूर, जाकर गिरी होंगी।

झोंपड़ी के दरवाजे पर वह एक क्षण के लिए ठिठक गया। चाँद की रोशनी में उसकी दृष्टि अचानक अपनी खुली हथेली की ओर चली गई। किधर थी भाग्य की रेखा, घर-दुआर की? एक लम्बी उम्र के सिवा और कहीं कुछ नहीं था उन रेखाओं में।

मधुबनी चौक का पंडित बिलकुल झूठ बोल गया था।

और कागा?

अंधा और लँगड़ा

किसी गाँव में एक अंधा और लँगड़ा रहता था। एक बार उस गाँव में आग लगी।

नहीं; किसी गाँव में क्यों? गाँव का नाम था देवरी। जिन्हें अंधा और लँगड़ा कहने की बात है, उनके नाम थे सुमरित साह और रामजीवन पोद्दार। आग गाँव में नहीं लगी थी, उस आग में न कोई घर जल रहा था। जो आग लगी थी उसमें केवल दोनों जल रहे थे, सुमरित साह और रामजीवन पोद्दार।

जिस घर में बेटों को इस बात का दुख हो कि बाप ने अपने जीवन में उनके लिए कोई जमीन-जायदाद नहीं जोड़ी, इस बात का भाड़ी दुख हो कि वे बहुत कुछ कर सकते थे, मगर जान-बूझकर कुछ नहीं किया और ऐसा एक दिन नहीं गुजरता हो जब इस दुख से उठनेवाली टीस के कारण वे बाप को कुछ टेढ़ी-तिरछी नहीं सुनाते हों, उस घर में बूढ़े बाप को जो दुख हो सकता है उस दुख को झेल रहे थे सुमरित साह। थोड़ी-बहुत राहत पाने के लिए जब उन्हें मौका मिलता वे अपने घर से चलकर गुलाब मड़ड़ के बगीचे में बने मकान में आ बैठते और वहीं एकान्त विलाप और हरि-स्मरण करते।

सुमरित साह के दुख को गाँव के सारे लोग जान रहे थे, रामजीवन पोद्दार भी।

रामजीवन पोद्दार देवरी के तब के नेता थे जब इस गाँव में कोई नेता नहीं था। राजनीति का दीया एक अकेले वही जलाए हुए थे इस गाँव में। वे अपने दल के हमेशा एक सक्रिय कार्यकर्ता रहे। उनके दल की ओर से जब भी धरना, घेराव या प्रदर्शन होता था, वे अपने गाँव और इलाके से अच्छी भीड़ जुटाकर जाते थे। इधर उन्होंने बड़ी तिक्तता के साथ महसूस करना शुरू कर दिया था कि इतने वर्षों की सक्रियता के बावजूद अभी तक वे नेतागिरी की सीढ़ी के पहले सोपान पर ही अटके खड़े हैं, जबकि उनके देखते-देखते नए-नए छोकरे उनसे काफी ऊपर निकल गए हैं। यह दुख अब उन्हें कुछ अधिक चुभने लगा था।

रामजीवन पोद्दार के दुख को गाँव के सारे लोग जान रहे थे, सुमरित साह भी।

सुमरित साह के एकान्त को भंग कर अपना दुख कुछ कम करने के लिए रामजीवन पोद्दार भी गुलाब मड़ड़ के बगीचे जाते थे और मचान पर बैठकर उनके साथ बतियाते थे। उम्र में अन्तर होने के बावजूद उनके बीच काफी अन्तरंगता थी। कुछ वर्षों तक देवरी दुर्गापूजा समिति के अध्यक्ष सुमरित साह और सचिव रामजीवन पोद्दार रह चुके थे।

अपनी अन्तरंग बातचीत में सुमरित साह ने कितनी ही बार कहा था, "सच कहता हूँ रामजीवन, अब यही इच्छा होती है कि साधु बनकर घर से निकल जाऊँ।" रामजीवन ने हर बार जवाब दिया था, "मैं आपके दुख को समझ रहा हूँ, चाचा। मेरी तो खुद इच्छा हो रही है कि अब राजनीति से संन्यास ले लूँ।"

सुमरित साह दई का मारा था। अपने बाल-बच्चों के लिए वे कुछ उल्टा-सीधा करते, उससे पहले ही परमेश्वर और परलोक ने उन्हें दबोच लिया था। दुश्मन दई ने सपना दिया होगा, "सुमरित बेटा! ईमान-धरम पर टिके रहना" और परलोक की पुकार कानों में पड़ी होगी, "हाँ टिके रहना, डिगना नहीं, स्वर्ग के द्वार खुले रहेंगे तुम्हारे लिए।"

बेटों को इस बात का वाजिब गुस्सा था कि जहाँ इस कलियुग में हर आदमी बेईमानी से बसर कर रहा था, वहीं उनका यह घोंचू बाप अपना खूँटा सतयुग में गाड़े यहाँ घास खोद रहा था। इस कलियुग में अगर ऐसे बाप का गला टीप दिया जाय, तब भी स्वर्ग का द्वार खुले रहेंगे बेटों के लिए। जब-तब कलेजे में टीस उठती थी कि यह नामाकूल उसका बाप बना ही क्यों?

गुस्से की सबसे बड़ी वजह यह थी कि इन बेटों की दूरंदेश माँ इनके धरममूरत बाप को रास्ते सुझाती रहती थी, "अब कुछ अपना भला भी सोचिये, अपने बाल-बच्चों का भला। भाई समझकर नंदलाल का भरोसा मत कीजिए। आपके घर में बिल बन चुका है और चूहा माल ढो रहा है। अभी भी मेरे मायके में या कहीं भी दस बीघे जमीन खरीद लीजिए, बीस-तीस भर सोना जमा कर लीजिए, नहीं तो पीछे पछताना पड़ेगा। किसी भी दिन नंदलाल बँटवारे के लिए जिद कर बैठेंगे।" मगर इस धर्मकाँटा पर कोई असर नहीं। माँ को भी दुत्कार दिया, "पाप का रास्ता मत सुझाओ मुझे। मैं नंदलाल को तुमसे अधिक जानता हूँ। वह मेरे साथ बेईमानी नहीं कर सकता।" माँ ने अपने मैके से लेकर मामी-मौसी तक के कितने ही गाँवों के कितने ही नंदलालों की कहानियाँ सुना दीं, जिन्होंने अपने भाइयों के साथ दगाबाजी की थी, मगर बाप ने कान नहीं दिया। हुआ वही जिसकी भविष्यवाणी की थी माँ ने। नंदलाल चाचा अलग हुए; बेईमानी से चुराई गई पूँजी के बल पर छोटी दुकान के बजाय एक बड़ा गोला खोल लिया, कारोबार में चमेक आ गई और आज उनके बच्चे चाँदी काट रहे हैं। बाप ने बेईमानी नहीं की, पर चाचा क्यों चूकते!

गुस्सा कुछ कम होता अगर बाप की कुछ बदनामी ही हुई होती। तब बेटों को यह विश्वास तो होता कि बाप ने कोशिश की थी, कामयाब नहीं हुआ था। वे क्षमादान करने को विवश हो जाते। मगर कठकरेज बाप कि

कभी कोशिश तक नहीं की। गाँव में है कोई ऐसा और घर जिसमें उनके जैसा बदनसीब बेटे हों, जिस धर में बाप ने न कभी बेईमानी की हो और न कभी इसके लिए बदनाम ही हुआ हो।

रामजीवन पोद्दार पर मार पड़ी महात्माओं की। उनकी ही तरह और उनके ही साथ राजनीति में प्रवेश करनेवाले और लोग भी तो थे, मगर सब के सब इन महात्माओं से पिंड छुड़ाकर निकल भागे; एक उनका दुर्भाग्य कि इन महात्माओं के जाल-जंजाल को तोड़ ही नहीं पाए ये। महात्मा किसी को मार-मारकर महात्मा बना सकते हैं, ठेल कर विधानसभा के भीतर तो नहीं पहुँचा सकते। क्या मिला अब तक के जप-तप का? उन्होंने तो सपना देखा था किसी दिन विधायक बनने का, मगर अभी भी सीढ़ी के पहले सोपान पर ही अटके खड़े हैं, झाल बजा रहे हैं। 'सत्यमेव जयते...', 'अहिंसा परमो धर्मः...', 'पर हित लागी तजह जो देही...', जो पीछे थे, बहुत नीचे थे, वे आगे बढ़ते जा रहे हैं, ऊपर चढ़ते जा रहे हैं। क्या होगा उनके अपने सपने का?

एक मौका तब था जब सदानन्द बाबू सांसद थे। इन्होंने सदानन्द बाबू से निवेदन किया था, "श्रीमान्! मैं बीस वर्षों से दल का काम कर रहा हूँ, पूरी निष्ठा के साथ। हर बार विधानसभा का चुनाव लड़ना चाहता हूँ। मुझे मौका मिलना चाहिए।"

सदानन्द बाबू ने जवाब दिया, "मैं आपकी मदद करूँगा, मगर आपको एक काम करना होगा।"

"क्या?" रामजीवन पोद्दार ने पूछा था।

"इस बार अखाड़े में विद्यानन्द ठाकुर उतर रहे हैं मेरे विरुद्ध," सदानन्द बाबू ने सुनाया, "मैं अखाड़े में उतरने से पहले ही उसे पछाड़ देना चाहता हूँ। मैंने सारी व्यवस्था कर ली है। एक औरत को तैयार कर लिया गया है उसके विरुद्ध बलात्कार का मामला उठाने के लिए। आपको बस इतना करना

है कि सात दिनों तक जिला मुख्यालय में जुलूस निकालना है और उसकी गिरफ्तारी के लिए धरने पर बैठना है।"

रामजीवन पोद्दार के मुँह पर महात्माओं ने ताला लगा दिया, "तुलसी जे कीरति चहहिं, पर की कीरति खोई/तिनके मुँह मसि लागिहै, मिटहि न मरिहै धोई।" उन्होंने सदानन्द बाबू को जवाब दिया था, "श्रीमान्! यह झूठ का भार मैं नहीं उठा पाऊँगा।"

झूठ का भार दीना यादव ने उठाया था और जो मौका रामजीवन पोद्दार को मिलना था वह दीना यादव को मिला।

पिछली बार भी अन्याय हुआ उनके साथ, घोर अन्याय। पटना से जो सूची भेजी गई थी उसमें नाम था उनका, दिल्ली में नाम कट गया। उनके कान में बात पहुँची कि उनका रेकार्ड अच्छा नहीं है।

संसद के चुनाव की तैयारी को लेकर जिला कार्यालय में कुछ थोड़े-से कार्यकर्ताओं के साथ एक बैठक की गई थी। दिल्ली के नेता आए हुए थे। गुप्त मंत्रणा में रामजीवन पोद्दार को भी शरीक किया गया था। कितने मतदान केन्द्रों पर कब्जा करना है, किन-किन गाँवों में बम मारकर या गोली चलाकर मतदाताओं को भगा देना है, किस गाँव के किस टोलेवालों को हथियार के बल पर मतदान करने नहीं जाने देना है—इन सारी बातों पर विस्तार से चर्चा हुई थी और उपस्थित कार्यकर्ताओं से पूछा जा रहा था कि कौन किस क्षेत्र में क्या जिम्मेवारी लेंगे।

सबने कुछ-न-कुछ जिम्मेदारी ली। महात्माओं ने रामजीवन पोद्दार को एक अलग बथान पर बाँध दिया, "हिंसैव दुर्गतेदर्वारं हिंसैव दुरितार्णनः/हिंसैव नरकं घोरं हिंसैव गहनं तमः।" उन्होंने जवाब दिया था, "श्रीमान्! यह तो हिंसा है, मुझसे पार नहीं लगेगा।" बस, रेकार्ड खराब हो गया।

बड़े बुझे मन से रामजीवन पोद्दार अपने प्रथम गुरु रामदेव बाबू से मिलने गए जो अब पूर्णिया में एकान्तवाश कर रहे थे और कभी-कभार ही

किसी सभा की अध्यक्षता करने या भाषण देने घर से बाहर निकलते थे। अपने पुराने शिष्य से मिलकर उन्हें हार्दिक खुशी हुई।

शिष्य का पूरा किस्सा सुन लेने के बाद गुरु ने कहा, "तुम तो साधु मन के आदमी थे रामजीवन, संतों के विचार रखते थे, महात्माओं के सुभाषित दोहे-चौपाई सुनाते थे। यह दोहा भी तो सुना होगा, "'तुलसी पावस के समय, धरी कोकिला मौन, अब तो दादुर बोलिहैं, हमें पूछिहैं कौन।' तुम अब तक कैसे ठहरे रह गए राजनीति में?"

"एक बार विधायक बनने की इच्छा है, श्रीमान्!" रामजीवन बोले। थोड़ी देर हँसते रहे गुरु और फिर शिष्य से कहा, "अपनी इच्छा पूरी करना चाहते हो, रामजीवन, तो दल के भरोसे मत रहो। अपने में बल पैदा करो। अब जनता में अपने लिए श्रद्धा नहीं, खौफ पैदा करो, मारो-मरवाओ। अब धरना-घेराव दल के लिए नहीं, अपने लिए हो, जुलूस दल के लिए नहीं, अपने लिए निकालो। और इस धरना-घेराव-जुलूस से जो आग पैदा होती है, उसे एक बार भभककर बुझ नहीं जाने दो, उसे धधकाओ, उसमें किसी को जल जाने दो, उससे किसी को जलाओ, मारो, मरवाओ, रामजीवन...।"

रामजीवन पोद्दार घर लौट गए। साधु मन ने उनका साथ नहीं छोड़ा, मगर गुरु का प्रवचन पीछे पड़ गया। उनका मानस मंथन शुरू हुआ और शीघ्र ही उन्होंने एक सुनहला रास्ता ढूँढ़ निकाला।

अवसर उपस्थित हुआ।

एक दिन जब सुमरित साह गुलाब मड़ड़ के बगीचे में मचान पर बैठे हुए थे, रामजीवन पोद्दार उसके पास पहुँचे। इधर-उधर की बातों में बहुत समय गँवाये बगैर उन्होंने सुमरित साह से कहा, "मैं एक सलाह देने आया हूँ, चाचा।"

"कैसी सलाह?" बूढ़े ने पूछा।

"हमारे दल की ओर से परसों एक बहुत बड़ा जुलूस पूर्णिया में निकाला जाएगा। हम जिला पदाधिकारी का घेराव करेंगे। मैं चाहता हूँ कि आप भी इस जुलूस में शरीक हों।"

"मैं?" बूढ़े न अचरज से पूछा।

"हाँ, चाचा," रामजीवन पोद्दार ने सुनाया, "जुलूस की भीड़ उग्र और हिंसक होगी। ऐसी स्थिति में गोली चलेगी। मैं चाहता हूँ कि आप वहाँ गोली खाकर मरें।"

सुमरित साह ने गुस्से से रामजीवन पोद्दार को घूरा और बोला, "मुझे मारने के लिए ले जाना चाहते हो?"

"सुनिए, चाचा," रामजीवन पोद्दार ने सुनाया, "सोचिये कि अब आप और कितने चलेंगे। जीवन-भर आपने दुख भोगा है और इस दुख के साथ ही मरेंगे कि बाल-बच्चों के लिए कुछ जोड़कर नहीं जा रहे हैं। अगर गोली खाने से आपकी मौत हो जाती है, तो आपके परिवार वालों को कम-से-कम लाख रुपये मिल जाएँगे। हम इसके लिए भी हंगामा मचाएँगे कि पाँच लाख से कम नहीं मिले। सोचिये चाचा, कि प्राण त्यागते हुए आपको कितना सुख होगा कि आप अपने बच्चों के लिए लाखों जोड़कर जा रहे हैं। आपके परिवार वाले भी आपका कितना गुण गाएँगे कि आपने उनके लिए समय से पहले ही जान दे दी।"

सुमरित साह कुछ देर सोचते रहे और फिर पूछा, "यह तो निश्चित नहीं है कि गोली मुझे ही लगेगी?"

"यह निश्चित है, चाचा," रामजीवन ने बताया, "जुलूस में आप सबसे आगे रहेंगे। आपके कन्धे से एक झोली लटकती रहेगी जिसमें पत्थर के टुकड़े होंगे। जुलूस के सामने जो सबसे बड़ा पदाधिकारी प्रकट होगा, उस पर आपको लगातार पत्थर के टुकड़े चलाने हैं। अगर इस पर गोली नहीं चली, तो आपके हाथ में एक मशाल थमा दी जाएगी। उस मशाल को लिए

आप दौड़ पड़ेंगे सरकारी कार्यालय में आग लगाने के लिए।। आप पर गोली चला दी जाएगी।"

जिस सुख के साथ वे मरेंगे, उसका कुछ अहसास अभी ही हो गया सुमरित साह को। वे कुछ प्रसन्न होकर बोले, "मरने की बात है तो एक बार अपने बेटों से भी पूछ लूँ।"

"नहीं चाचा," रामजीवन पोद्दार ने मना किया, "उनसे मत पूछें। उनके जवाब से दुख पहुँचेगा और तब मरने का सुख नहीं मिलेगा आपको।"

रिश्ता

उन दिनों बिहारीगंज के दो-तीन दुकानदार अपनी दुकानों के लिए सारा सौदा-पत्तर कलकत्ता से ही लाते थे और हर बार कलकत्ता के ढेर सारे किस्से भी साथ लिए आते थे। किस्से-ही-किस्से, विक्टोरिया मेमोरियल के, चौरंगी के, हावड़ा पुल के, काली कलकत्तेवाली के, कलकत्ते की नौटंकी के। जब वे आते थे तो कलकत्ता से आए हुए सामान को देखने और कलकत्ता के किस्से को सुनने आसपास के युवक और बच्चे आ धमकते थे। उन बच्चों में एक घनश्याम भी हुआ करता था। सुनानेवाला अपने किस्सों में जितना रस भरता था, सुननेवालों में घनश्याम उन किस्सों से अधिक रस निचोड़ लेता था।

कलकत्ता उसके सपनों में आने लगा था।

अपने बचपन के सपनों में उसने जितनी बार अदृश्य रहकर सत्तो साह की दुकान से मिठाइयाँ खाई हैं, सुनसान में पड़ी पैसों की थैलियाँ पाई हैं या आसमान में चिड़ियों की तरह उड़ा है, उन सबसे अधिक बार कलकत्ते की सैर की है। उसके सपनों का यह कलकत्ता तो और भी अलबेला, अजगुत, अचरज भरा।

बचपन ने विदा ले ली, मगर बचपन के वे सपने साथ बने रहे। ओह कलकत्ता! आह कलकत्ता! किसी दिन, जरूर किसी दिन, वह देख आएगा अपने इस कलकत्ते को। उसकी यह इच्छा उसके साथ जवान होती चली गई।

वह उस दिन किसी का इन्तजार करने लगा था।

जब उसकी चचेरी बहन सीमा की शादी एक ऐसे लड़के के साथ तय हो गई जो कलकत्ते में रहता था, तब उसे लगा कि अब कलकत्ता में टिककर कलकत्ता को देखने का अवसर आ गया।

मगर इस अवसर को आने में पूरे तीन साल लग गए। सतरह साल का घनश्याम अब बीस का हो गया।

घनश्याम अत्यन्त संकोची स्वभाव का था। अत्यन्त अल्पभाषी, हमेशा मुँह खोलकर रह जानेवाला। कुछ बोलने के पहले ऊहापोह में फँस जाता। उसे डर बना रहता कि वह कोई हल्की या टुच्ची बात तो नहीं बोलने जा रहा है। वह लड़कियों की तरह लजाता था और अपनी एक-एक हरकत को उचित-अनुचित के साथ जोड़कर देखता था।

शादी के बाद बहनोई राजपाल बिहारीगंज दो-तीन बार आ चुके थे, मगर घनश्याम उनके साथ कभी भर मुँह बात भी नहीं कर पाया था। कभी जो दो-चार मिनट की बातें भी हुईं तो उनमें कलकत्ते की चर्चा कभी नहीं हुई। उसके लिए तो बहनोई से यह कहना तो सम्भव ही नहीं था कि मुझे साथ लिए चलिए और कलकत्ता दिखा दीजिए।

इस बार राजपाल जी सीमा को बिहारीगंज पहुँचाने आए थे और यहाँ दो-तीन दिनों तक टिके रहे। अच्छा संयोग था कि इन दो-तीन दिनों तक़ घनश्याम बराबर उनके साथ बैठा बतियाता रहा। उसने कलकत्ते के बारे में खूब बातें की और बचपन में सुनी इस कहावत तक के बारे में पूछ लिया—'घोड़ागाड़ी नोनापानी और राड़ का धक्का। इन तीनों से बचा रहे तब केली करे कलकत्ता?"

साले के मन में उमड़ती जिज्ञासा को देखकर बहनोई ने उसे अपने साथ चलने का निमन्त्रण दे दिया। साला तो तैयार बैठा था, 'मगर,' उसने

बहनोई से कहा, "इसके लिए पिताजी से आपको ही कहना पड़ेगा, मैं तो नहीं कह पाऊँगा।"

पिताजी ने सहर्ष अनुमति दे दी थी।

बहनोई ने हँसकर साले को सुनाया था, "सीमा आपकी बहुत बड़ाई करती है, मगर उसका कहना है कि आप बहुत संकोची हैं।"

साला कुछ बोला नहीं बस लजाकर रह गया।

यात्रा के प्रारम्भ में ही बहनोई ने साले को अपनी झेंप-झिझक झटक देने की सलाह दी, "जो आदमी जितना ही संकोची होता है, उसे अपने जीवन के अन्तिम वर्षों में उतना ही पछताना पड़ता है। संकोची आदमी संकोच में ही पड़ा रह जाता है और ढेर सारी खुशियाँ उसकी बगल से गुजरकर निकल जाती हैं। यह जिन्दगी तो दुबारा मिलने से रही! दुनिया में देखने-सुनने और जानने-भोगने के लिए बहुत कुछ है। जो जीवन के जितने अनुभव—अच्छे अनुभव और बुरे अनुभव भी—बटोर लेता है उसकी खुशियों की झोली भी उतनी ही भरी रहती है। वह जीवन के अन्त में पछताता नहीं कि उसने इस रस का या उस रस का स्वाद नहीं लिया। मैं तो यह मानता हूँ कि इन अनुभवों को बटोरने के दौरान अगर कभी दो-चार झापड़ भी खाने पड़ें तो नुकसान नहीं है।" बोलकर हँसा बहनोई और फिर बोला, "जो संकोची होता है, वह मनहूस भी हो जाता है। मनहूसों के लिए यह दुनिया नहीं है। मनहूस तो मुरदा होता है। बोलिए," वह साले से पूछ बैठा, "मुरदा होता है न?"

"हाँ," साले ने सहमति जता दी।

"अब यह जान लीजिए," बहनोई ने आगे सुनाया, "कि मुझे दारू की लत नहीं है, मगर मैं दारू का स्वाद जानता हूँ; मैं गँजेड़ी नहीं हूँ, मगर गाँजे का दम लगाया है; मैं जुआरी नहीं हूँ, मगर जुआ खेल चुका हूँ;

और...।" बहनोई ने बात पूरी नहीं की; साले की ओर देखा, मुसकराया, और पूछा, "मेरे जैसे आदमी को आप क्या मानेंगे, अच्छा आदमी या बुरा आदमी?"

"मैं अच्छा आदमी ही मानूँगा।" साले ने जवाब दिया था।

"तब मेरी तरह एक अच्छा आदमी आप भी बनना चाहेंगे?"

घनश्याम खिलखिलाकर हँसा था, और हँसते-हँसते कहा था, "हाँ।"

हाँ सुन लेने के बाद फिर सुनाया बहनोई ने, "मेरे साथ आप जरा भी संकोच नहीं कीजिएगा। अगर संकोच कीजिएगा तो फिर कलकत्ता देखने का मजा किरकिरा हो जाएगा। यह मत सोचिएगा कि आप उम्र में मुझसे छोटे हैं और मैं रिश्ते में आपका बहनोई हूँ। मुझे मित्र मानकर चलिए; कोई झिझक नहीं, कोई संकोच नहीं। ठीक?"

"हाँ, ठीक।" साले ने बेझिझक जवाब दिया।

पाँच दिनों में कलकत्ता का जितना कुछ देखा जा सकता था, उतना देख लिया घनश्याम ने। जो बचपन के किस्सों में नहीं था, सपनों में नहीं आया था, उसे भी देखा उसने। कलकत्ते के दिन को देखा, रात देखी; मस्ती देखी, पसीना देखा; असली देखा, नकली देखा; 'अहा!' देखा, 'हाय!' देखी; कभी दूर रहकर देखा, कभी पास आकर। पाँच दिनों में इतना देखा कि महसूस करने लगा, यह कलकत्ता तो बहुत दिनों तक और बहुत बार देखने की चीज है।

छठा दिन घनश्याम के कलकत्ता प्रवास का आखिरी दिन था। बहनोई संतुष्ट था कि उसने साले को संतुष्ट कर दिया है। छठे और आखिरी दिन उसने साले से कहा, "आज मैं आपको रंडीपाड़ा ले जाऊँगा।"

"रंडीपाड़ा!" साला चिहुँक उठा।

उसकी आँखों के सामने अपने बिहारीगंज का रंडीपाड़ा घूम गया था जिसके सामने की सड़क से गुजरना भी खतरे से खाली नहीं था, जिस सड़क पर ना जाने कितनी खुफिया निगाहें लगी रहती थीं, जिस सड़क पर रंडियाँ राहगीरों के हाथ पकड़ लेती थीं, जहाँ से थाने का मुछन्दर सिपाही किसी भी गुजरनेवालों को पकड़कर थाना ले जा सकता था और उस आदमी के पास इस सवाल का कोई सही जवाब नहीं होता कि दूसरा रास्ता होने के बावजूद उसने उधर का रास्ता क्यों पकड़ा।

बहनोई ने साले की चिहुँक महसूस की और बोला, "जरा भी डरने-घबराने की कोई बात नहीं है। यहाँ कोई देख नहीं रहा है कि बिहारीगंज के घनश्याम बाबू कहाँ जा रहे हैं, और न कोई पूछने बैठा है, 'अबे! किधर गया था?' आप बेधड़क मेरे साथ चलिए।"

बेधड़क, बेखटके! जैसे बिहारीगंज का सुखो सिंह वहाँ के रंडीपाड़ा में जाता था। वह सब तो ठीक है, बेधड़क, बेखटके, मगर...।"

"मगर रंडीपाड़ा!"

साले का म्लान-मुरझाये चेहरे को देखकर बहनोई ने जोश दिया, "मैं पहली बार तीन साल पहले यहाँ आया था। फिर दुबारा नहीं आना था मुझे, मगर आज आया हूँ कि आपको लेकर आना था। मैं जानता हूँ कि आप आज तक किसी कोठे पर नहीं गए होंगे और आज के बाद फिर कभी नहीं जा सकेंगे। मेरे साथ एक मौका मिला है आपको; इस मौके का लाभ लें, यह एक यादगार अनुभव होगा आपके लिए।"

"एक बार! सिर्फ एक बार!"

'एक बार हो आने में कोई हर्ज नहीं,' साले ने मन में सोचा। यहाँ का अनुभव फिर कहाँ! एक यादगार अनुभव! वह बचपन के सपनों में घुस गया और अदृश्य हो गया। उसने सुखो सिंह की खाल ओढ़ ली और निर्विघ्न-निर्द्वन्द्व हो गया। अब कोई ऊहापोह नहीं, उठापटक नहीं, कसक

नहीं, उच्छ्वास नहीं, तौबा नहीं। अब सिर्फ कौतुक, गुदगुदी, चकल्लस, आनन्द...आनन्द।

बहनोई ने अब कुछ कहे बगैर साले को कोठे की ओर हाँक दिया।

राजपाल ने उस कोठे को ढूँढ़ निकाला जिसमें तीन साल पहले वह अपने मुसलमान दोस्त के साथ गया था और उस दोस्त का जिक्र कर कोठे की मौसी के साथ उसने अपना पुराना परिचय भी ताजा कर लिया।

मौसी ने हाँक लगाकर एक के बाद एक छह-सात चुलबुली छोकरियों को दिखा गया। बहनोई ने साले से पूछा, "बोलिए, कौन पसन्द है?"

साले से कुछ कहते नहीं बना। उसे तो सारी की सारी छोकरियाँ पसन्द आ गई थीं। किसी एक को चुन लेना उसके लिए जितना आसान था उतना कठिन भी। उसने बहनोई के कान में धीरे से कहा, "आप पसन्द कीजिए।"

"मुझे तो वह लाल सलवारवाली सलमा पसन्द आई है। सुन्दर है न?"

"हाँ," मुसकराया साला, "बहुत सुन्दर है।"

बहनोई ने मौसी से कहकर सलमा को बुलवा लिया और साले से कहा, "जाइए इसके साथ।"

"पहले आप।" साले ने फिर बहनोई के कान में धीरे से कहा।

कुछ सोचकर बहनोई सलमा के साथ सामने की एक खोली में घुस गया, मगर जाने से पहले साले के कान में कह गया, "आपको कोई और पसन्द आई हो, तो उसके साथ चले जाइएगा।"

साले ने मन-ही-मन एक दूसरी छोकरी को पसन्द कर लिया था, मगर उसको बुलवाने और उसके साथ जाने की बजाय बहनोई के वापस आने का इन्तजार किया।

बहनोई जब खोली से बाहर आया तो साले को देखते ही समझ गया कि वह अपनी जगह से हिला नहीं है तब भी उसने धीरे से पूछा, "गए थे?"

"ऊँहूँ," साले ने सिर हिलाते हुए मुसकराते हुए कहा।

"अच्छा किया," बहनोई बोला, "आप सलमा के साथ ही जाइए। मैंने उसे आपके बारे में सबकुछ समझा दिया है। वह देखने में जितनी सुन्दर है, स्वभाव भी उसका उतना ही सुन्दर है। आपको खूब पसन्द आएगी।"

साला कुछ जवाब दे, इसके पहले ही सलमा आ गई। आते ही उसने साले की ठुड्डी पकड़कर हँसते हुए कहा, "चलो यार!"

"ऐ!" साले ने सलमा का हाथ झटक दिया, खबरदार!"

यार के तेवर देखकर सलमा पीछे हटी और चली गई। बहनोई भी अकबका गया। उसने साले से पूछा, "क्या हुआ?"

"कुछ नहीं," साले ने जवाब दिया, "मैं किसी और के साथ जाऊँगा।"

"किसी और के साथ?"

"हाँ।"

"कोई दूसरी पसन्द है?"

"हाँ।"

"ठीक है; आपकी मरजी," बहनोई बोला, "मगर मेरी मानिये, तो आप सलमा के साथ ही जाइए। मेरी बात का विश्वास कीजिए। बहुत सुन्दर है, बहुत आनन्द देगी।"

बहनोई को जिद करते देख साले ने कहा, "यह मैं मानता हूँ कि वह बहुत सुन्दर है, मगर अब...अब क्या हो सकता है!"

"क्यों, क्या हुआ?" बहनोई ने अचरज से पूछा।

"अब उसके साथ कैसे?" ना में सिर हिला दिया साले ने, "आप जो हो आए हैं उसके साथ।"

"तो क्या हुआ?" बहनोई ने झिड़क दिया, "बासी हो गई?"

"नहीं-नहीं, बासी नहीं," साला बोला, "मगर आप हो आए हैं उसके साथ, तो अब वह मेरी बहन हो गई न रिश्ते में।"

"यह सब भी सोचते हो?" बहनोई ने जरा तिक्त स्वर में कहा, "बिलकुल देहाती ही हो क्या जी?"

साले ने कोई जवाब नहीं दिया और अपनी आँखें नीचे झुका लीं, क्योंकि उन आँखों में प्रतिवाद उभर आया था, 'देहाती! क्या मतलब? क्या देहाती? शहर आए आदमी, तो क्या बहन के साथ...छिः।'

भोर की ओर

ऐसा नहीं है कि सावन में सियार पैदा हुआ और भादों में कह बैठा, "ऐसी बाढ़ तो जीवन में मैंने कभी देखी ही नहीं।" नहीं, ऐसा नहीं है। ढेर सारे पूस-माघ देखे हुए लोग भी कह रहे थे कि जिन्दगी में इससे पहले ऐसी ठंड कभी नहीं पड़ी थी। बूढ़े-बुजुर्गों को ऐसी ही एक ठंड की याद जरूर है जो उनके अलग-अलग इतिहास में अलग-अलग ढंग से दर्ज है, "जिस साल फलाँ ने अपना शिवालय बनाया था...जिस साल फलाँ का हाथी मर गया था...जिस साल अगलगी में आधा गाँव जलकर राख हो गया था...।"

इस ठंड की चर्चा के नीचे देश-दुनिया की और चर्चाएँ दब गई थीं। चाय-पान की दुकान हो या चौक-चौराहा-मचान, चर्चा इस तरह शुरू होती जैसे कि रात में किसी के घर डाका पड़ा हो या अभी-अभी किसी का कत्ल हो गया है। जिन अखबारों में केवल अपहरण, हत्या, बलात्कार और दुर्घटनाओं की खबरें हुआ करती थीं, वे अब ठंड से हुई मौत की खबरों से पटे पड़े थे। इस ठंड ने अच्छे-भले लोगों की जबान खराब कर डाली थी। जो सुभाषी-सुमधुरभाषी थे, वे भी इस ठंड पर खुलकर गालियों की बौछार कर रहे थे।

बूढ़ों पर तो कहर टूट गया था। कितने ही घरों से बूढ़ों को बुहारकर बाहर कर दिया था इस ठंड ने। लुक-छिपकर बचे हुए बूढ़े लगातार प्रार्थनाएँ कर रहे थे, "हे दैव! यह जाड़ा काट लेने दो। जेठ में पोते की शादी है, वह देख

लूँ, फिर मरूँ!... सिर पर महाजन कर कर्ज है, मालिक, चुका दूँ, तब मरूँ। अगहन ने धोखा दे दिया, बैसाख में अवश्य चुका दूँगा। बस, बैसाख भर की मोहलत, मालिक!...भैंस बियाने वाली है, तिरलोकीनाथ, पहला बियान। पाड़ी थी तब से पोस रहा हूँ इसे। मरनेवाले की अन्तिम इच्छा, इसका दूध पीकर मरूँ। यह जाड़ा खेप लेने दो, तिरलोकीनाथ!.."

और, घर में सिमट-सिकुड़कर बैठा बूढ़ा घर की बहू को टर्राकर सुना देता था, "बोल लो कैसे भी बोल, बहू। तुम्हारी बकरी रास्ता भटक गई या गाय अभी तक लौटकर थान पर नहीं आई, मैं तो चैत से पहले घर से बाहर कदम नहीं रखूँगा।"

इस कड़ाके की ठंड में भी लोग साधारण रेलगाड़ी के खस्ताहाल डब्बों में बैठकर यात्रा कर रहे थे। एक ऐसी ही गाड़ी कटिहार स्टेशन से बरौनी जंक्शन के लिए खुली थी और हर स्टेशन पर देर-देर तक रुकते हुए बेगूसराय में बहुत देर से रुकी हुई थी। लोग ऊब रहे थे, ठंड से काँप रहे थे और रेलइंजन से लेकर रेलमंत्री तक को कोस रहे थे।

इस गाड़ी में एक प्रथम श्रेणी का डब्बा भी था। उस डब्बे में चार यात्री सवार थे। उनके कलेवर से उनका नामकरण किया जा सकता है—लम्बा, नाटा, पतला और मोटा। यात्रा के लिए प्रथम श्रेणी का टिकट न भी हो, पर जाड़े के लिए प्रथम श्रेणी की पोशाक चारों के पास थी। इस छोटे से डब्बे में बैठे यात्रियों पर ठंड की मार उन यात्रियों की अपेक्षा कम पड़ रही थी जो दूसरे साधारण डब्बों में बैठे हुए थे जिसमें से हर एक की एक या एक से अधिक खिड़कियाँ टूटी हुई थीं और उनसे तेज शीतल हवा का झोंका अन्दर आ रहा था।

साधारण डब्बों में भी इक्के-दुक्के लोग बैठे हुए थे। हर स्टेशन पर जितने लोग उतरते थे उससे भी कम चढ़ते थे। हर स्टेशन का प्लेटफॉर्म सुनसान

दिखता था। चाय-सिगरेट वाले तक अपना धन्धा बन्द कर घरों में जा दुबके थे। अचरज कि भिखमंगे तक नागा थे, चोर-जेबकतरों तक ने डुबकी लगा ली थी।

मोटू उस डब्बे में सबसे पहले सवार हुआ था, कटिहार में ही। वह मानसी तक अकेले आया। मानसी में लम्बू ने धक्का मारकर दरवाजा खुलवाया और अन्दर घुसा। जब तक वह दरवाजा बन्द करता तब तक नाटू और पतलू भी उसमें आ घुसे! उनके घुस जाने के बाद लम्बू ने जिस जोर के साथ दरवाजा बन्द किया उसमें यह हिदायत थी कि अब किसी के धक्का मारने पर भी दरवाजा नहीं खोलना है।

वे सब ऊँघते हुए बेगुसराय तक आए और ऊबने के लिए बेगुसराय में जग गए। ठंड अब अपनी चरम सीमा पर आ गई थी। इस ठंड से कुछ राहत पाने के लिए वे आपस में बतियाने लगे। स्वगतकथन से मोटू ने श्रीगणेश किया, "यह यात्रा अशुभ हो ही गई, नहीं आना था।"

"क्यों?" नाटू ने इस स्वगतकथन को हाथोंहाथ लिया, "दिशाशूल था क्या?"

"मैं दिशाशूल की परवाह नहीं करता," मोटू ने जवाब दिया, "मेरे गाँव से कटिहार तीन कोस दूर है। घर से एक कोस आया होऊँगा कि एक जगह अलाव जलता देख देह कुछ गरम कर लेने के विचार से मैं रुक गया। अलाव ताप रहे लोगों में से एक ने पूछा कि मैं कहाँ जा रहा हूँ। मेरा जवाब सुनकर वह बहुत अशुभ बोल गया कि इस ठंड में कटिहार पहुँचने से पहले ही मैं टें बोल जाऊँगा। अब सोचता हूँ कि मुझे उसकी बात का बुरा नहीं मानना था और वहीं से घर लौट जाना था।"

नाटू हँसा और बोला, "वह आदमी अन्धा होगा जो ठंड तो महसूस कर रहा होगा, मगर आपके कपड़ों को नहीं देख रहा होगा। मैं दावे के साथ कह सकता हूँ कि यह ठंड आपमें कँपकँपी तो पैदा कर सकती है, पर प्राण नहीं हर सकती।"

नाटू के इस आशीष को सहर्ष अंगीकार करते हुए मोटू ने कहा, "यह तो मैं जान रहा हूँ, मगर तब भी यह यात्रा अशुभ ही रही और इस मौसम में घर पर रहना ही अधिक शुभ था।"

"मैंने तो शुभ यात्रा की थी," पतलू ने अपनी चोंच खोली, "यहाँ आकर इसलिए अशुभ हो गई कि गाड़ी बहुत विलम्ब से चल रही है। मुझे बरौनी में अपने एक रिश्तेदार के घर जाना है। घर से सोचकर चला था कि आठ-नौ बजे तक अवश्य पहुँच जाऊँगा। अब लगता है कि आधी रात हो जाएगी। आधी रात को घर का दरवाजा पीट-पीटकर घरवालों को जगाना अच्छा नहीं लगता। मन-ही-मन बहुत गालियाँ देंगे वे सब। इससे तो अच्छा होगा कि प्लेटफॉर्म पर ही रात गुजारूँ। शीतलहर की रात है; घर नहीं छोड़ना था आज।"

"यह कष्ट तो अब मुझे भी भोगना पड़ेगा," नाटू ने ठंडी साँस भरी, "समस्तीपुर की गाड़ी खुल गई होगी और अब सुबह से पहले मिलेगी नहीं। मैं तो चाहता हूँ कि अब इस गाड़ी में रात कट जाए और यह भोर में बरौनी पहुँचे।"

"मेरी यात्रा क्यों अशुभ कर रहे हैं जनाब?" लम्बू ने उलाहना दिया, "मुझे दिल्ली जाना है। बरौनी में कोई-न-कोई गाड़ी मिल ही जाएगी। वहाँ नहीं मिली तो मोकामा जाकर पकड़ूँगा।"

"नहीं-नहीं, मैं नहीं चाहूँगा कि आपकी यात्रा अशुभ हो जाए," क्षमा याचना के स्वर में नाटू बोला, "चाहकर भी नहीं चाहूँगा। मैं तो यह कहना चाह रहा था कि ऐसी ठंडी रात आदमी घर में काटेगा, घर से बाहर नहीं। इस मौसम में जान-बूझकर तो वही यात्रा करेगा जिसके पास घर नहीं होगा।"

"घर नहीं होगा; मतलब?" लम्बू ने नाटू को तेज नजरों से घूरा, "ऐसा भी कोई आदमी है क्या जिसके पास घर नहीं है?"

इस बार नाटू ने तन कर जवाब दिया, "हाँ, भाई साहब, गाँव में ऐसे भी लोग हैं जिनके पास ऐसी ठंडी रात काटने के लिए घर नहीं है। आप शहर के आदमी हैं, गाँवों का आपको क्या पता!"

"खूब पता है," लम्बू ने जवाब दिया, "मैं गाँव से ही शहर गया हूँ। तीस वर्ष पहले के गाँव देख चुका हूँ और उन गाँवों को आज देख रहा हूँ। देश का बहुत विकास हो चुका है। अब गरीबी नहीं रही। अब खाने-पहनने की किल्लत नहीं रही, और पिछले पचीस-तीस वर्षों से तो लोग घर ही बना रहे हैं। सरकार अलग से घर बना रही है लोगों के लिए। घर सबके पास है। अब जो रोना है वह घर के लिए नहीं, महलों के लिए है।"

"यह बात मुझे बहुत-कुछ जँच रही है," पतलू ने सहमति जताई, "लोग सचमुच अब घर बना रहे हैं। तीस साल पहले मेरे गाँव में सिर्फ दो पक्के मकान थे, अभी तीस से कम नहीं होंगे। बहुत गरीब लोग भी पक्के मकानों में रह रहे हैं। मैं मानता हूँ कि अब किसी को भी घर का कष्ट नहीं है।"

"पर," तनतनाकर नाटू बोला, "मैं नहीं मानता कि गाँवों में अब गरीबी नहीं है। भाई साहब तो कह रहे हैं कि अब गाँवों में खाने-पहनने की किल्लत है ही नहीं।"

"ठीक कह रहा हूँ," लम्बू ने पलटकर जवाब दिया, "क्या आपके गाँवों में कोई है जो भूख से मर रहा है? कोई है जो नंगा घूम रहा है? अगर है, तो मेरे साथ कर दीजिए। मैं खाना दूँगा, कपड़े दूँगा, और ऊपर से तीन सौ रुपये माहवार दूँगा। सहरसा के पास एक गाँव में मेरी ससुराल है। मैं वहीं से आ रहा हूँ। एक नौकर लाने गया था, नहीं मिला। बोलिए, आप देते हैं मुझे एक नौकर?"

नाटू कोई जवाब दे, इससे पहले ही मोटू बोलने लगा, "यह बात तो आप ठीक कह रहे हैं, भाई साहब, कि गाँव में अब कोई भूखा नहीं मर रहा। चार-पाँच साल पहले तक मेरे बथान में चार-पाँच गाय-भैंस बँधी रहती थीं।

अभी एक भी नहीं है। सबको बेच दिया। चरवाहा तक नहीं मिलता इन्हें चराने के लिए। सब दिल्ली-पंजाब भाग गए हैं। मैं अभी दूध खरीदकर खा रहा हूँ।"

"आप जिन्हें गरीब कहते हैं, अभी वही मूँछों पर ताव दे रहे हैं," लम्बू सुनाने लगा, "दिल्ली-पंजाब से पैसे कमाकर आते हैं और गाँव के जमींदारों से जमीन खरीदते हैं। घर की कोठी में अनाज भर देते हैं और तब फिर फिरंट हो जाते हैं। आप उन्हें क्या तब तक गरीब कहते रह जाएँगे जब तक वे रोज मेवा-मिष्टान्न का भोग नहीं लगाने लगें?"

"हालत में सुधार हुआ है, यह मैं मानता हूँ," नाटू अब कुछ दबे स्वर में बोल रहा था, "मगर ऐसा नहीं है कि गरीबी का कोई कष्ट है ही नहीं। इस गाड़ी में इतनी भीड़ हुआ करती थी कि लोग डब्बे की छत तक पर जा बैठते थे। आज गाड़ी ढनढन खाली है। जिसके पास कपड़े नहीं हैं, वही यात्रा नहीं कर रहे हैं।"

"मैं नहीं मानता," लम्बू ने फटाफट जवाब दिया, "जिस गाँव से अभी मैं आ रहा हूँ, वहाँ पचीस साल पहले खेतों में काम कर रही औरतों की देह में ब्लाउज नहीं देखता था, फटी-पुरानी मैली-कुचैली साड़ियों में देखता था उन्हें। अभी देखकर आ रहा हूँ कि वे सब लहकदार रंग-बिरंगी साड़ियाँ पहनती हैं। हम चारों के पास कपड़े हैं, तब भी ठंड लग रही है। आप तीनों घर छोड़कर बाहर निकलने की बात बोल चुके हैं। यह सुख है जिसे आप ढूँढ़ते हैं, सुख, अधिक सुख और अधिक सुख। इस सुख का अन्त नहीं है, जनाब। जिन्होंने यात्रा नहीं की, उन्हें लगा होगा कि इस ठंड में घर पर रहने में ही अधिक सुख है। यह गरीबी नहीं, रईसी है, जनाब। गरीबी के जो ढोल बज रहे हैं, उनके बोल झूठे हैं। आदमी तब तक अपने को गरीब कहता रह जाएगा जब तक धन्ना सेठ नहीं बन जाता। कपड़े सबके पास हैं।"

"यह बात तो सही है कि गाँव अब खुशहाल है," पतलू बोला, "बुरा हाल केवल बूढ़ों का है जो पैसा कमाने पंजाब-दिल्ली नहीं जा सकते।"

“यह तो उल्टी बात कह दी आपने,” हँसकर बोला लम्बू, “आज बूढ़े सबसे अधिक सुखी हैं। छीन-झपटकर घर में खाते हैं और सरकार के खजाने से पेंशन उठाते हैं। जो किसी जमाने में नहीं हुआ वह आज हो रहा है कि घर की पतोहू तक घर के बूढ़े की इज्जत कर रही है।”

“हाँ, भाई,” मोटू ने स्वीकृति में सर हिलाते हुए कहा, “हर गाँव में वृद्धावस्था पेंशन मिल रही है बूढ़ों को।”

मोटू की स्वीकृति पर लम्बू जोर से हँसा और लम्बू की इस हँसी के साथ ही शेष तीनों यह मानने को विवश हो गए कि देश की गरीबी दूर हो गई है कि अब हर किसी के पास घर है और जो भी रोना रो रहा है वह महल के लिए रो रहा है, कि हर किसी का पेट भर रहा है और भूख का हल्ला मेवा-मिष्टान्न की भूख का हल्ला है, कि सबके पास पहनने को पर्याप्त कपड़े हैं, मगर सब धन्नासेठ बन जाने को उतावले हो रहे हैं।

बुढ़िया उन चारों की बातें सुन रही थी, मगर उनकी बातचीत में शरीक तो नहीं हो सकती थी। उसे अपनी यात्रा के ओर-छोर का पता नहीं था। गाड़ी कहाँ रुकी है, कब खुलेगी, और कब कहाँ पहुँचेगी, यह जानना उसके लिए जरूरी नहीं था। एक बर्थ के नीचे गुदरी-कथरी में बकुची बाँधकर सोयी बुढ़िया ने अपना मुँह जरा-सा बाहर निकाला और अकबका गए चारों यात्रियों से एकसाथ इतना भर पूछा, “बाबू! भोर होने में अब कितनी देर है?”

पुनरागमन पर्व

बहुत दिनों तक बबुआनों ने कभी शास्त्र सुनाकर और कभी अस्त्र-शस्त्र चमकाकर सोलकनों को सुलाए रखा और उन पर राज किया। समय ने पलटा खाया और ऐसा पलटा खाया कि शास्त्रों को सुननेवाला सोलकन सुनबहरे हो गए और बबुआनों का अस्त्र-शस्त्रों का तेज समाप्त हो गया। सोलकन जग गए, और इस तरह जगे कि जगते ही बबुआनों के सिर पर मूतने लगे। बबुआनों ने गुहार मचाई, "कलियुग आ गया, इसे जल्दी भगाओ।" सोलकनों ने नारा लगाया, "सतयुग आ गया, अब यह जाने न पाए।"

बबुआन ब्राह्मणों ने मंत्र-महोदधि को मथकर कितने ही यंत्र-तंत्र-मंत्र निकाल बाहर किए और पुरश्चरण किया, पर सब निष्फल रहा। बबुआन राजपूतों ने रणबाँकुरे वीरों का व्यूहन किया, पर रण छोड़कर पत्ता हो गए। बबुआन भूमिहारों ने खूब छक्का-पंजा चलाया, पर उनके भी छक्के छूट गए। अब क्या होगा? पड़ गए राम कुकुर के पाले! कब भागेगा यह कलियुग?

सोलकनों ने ऐसा चक्र चलाया कि गाँव से लेकर राजधानी तक की सारी कुर्सियों तक पर वे आसीन हो गए। जहाँ पहले मिश्रजी और ठाकुरजी और सिंहजी के सिर पर फजीलत की पगड़ी बँधी रहती थी, वहीं अब यादवजी और पटेलजी और पासवानजी के गले में वैजयंतीमाला लटकने लगी। सोलकनों का चन्द्रमा ऐसा बलवान हुआ कि वे बबुआनों का ठट्ठा उड़ाते, अनखन

खोजते, हाँक-पचाड़कर लड़ाई छेड़ते; और बेचारे बबुआन पेचताब खाकर कान-पूँछ दबाते हुए तिड़ी हो जाते। जब सोलकनों को लगा कि बबुआनों की तुर्की तमाम हो गई और अब वे ऊँचा पीढ़ा नहीं माँगते, जब लगा कि अब वे चीं बोल गए और सोलकनों से मुहरा लेने का बल अब उन्हें कभी नहीं होगा, तब उन्होंने विश्वास कर लिया कि सतयुग आ गया और अब कभी जाएगा नहीं। अब गया कलियुग फिर कैसे आएगा? ककड़ी का अन्त हुआ गाँड़ मुँह टेढ़ा!

समय शायद कुछ देर से पलटा खाता और सोलकन कुछ देर से जगते, अगर वह अलौकिक महापुरुष मुकुंद बाबू के रूप में इस लोक में नहीं उतरते, वे जादूनिगाह थे, जादूबयान थे। कपट प्रबन्ध में उनका जोड़ा नहीं था। उनके जैसा ढोंगधतूर और छक्केबाज राजनेता शायद ही कभी अतीत में अवतरित हुआ हो।

उन्होंने सोलकनों की अगुआई की और शीघ्र ही छलाँग मारकर सत्ता के शीर्ष पर जा पहुँचे। गिरने-मरने की नौबत नहीं आई, शीर्ष पर वे स्थिर हो गए। उन्होंने राज्य के कोने-कोने में अपने गुरगे बिठा दिए और महारथियों की एक पंचायत बनाकर निष्कंटक राज करने लगे। उनकी इच्छा के विरुद्ध कहीं एक पत्ता तक नहीं हिलता था और उनके पेशाब से हर कहीं चिराग जलता था।

सब कुछ ठीकमठीक चल ही रहा था कि एक दिन पुरोहित रघुनाथ चौबे के स्वस्तिवचन ने मुकुन्द बाबू के मन में भारी उथल-पुथल मचा दी। और उनका दिमाग सुन्न होने लगा।

जबतक साँस, तबतक सत्ता, इस लक्ष्य की प्राप्ति हेतु मुकुन्द बाबू ने कुछ भी अनदेखा नहीं किया, कुछ भी अनकिया नहीं छोड़ा। बबुआन नेताओं की तरह उन्हें भी यह ज्ञान हो गया था कि केवल समर्थकों को छाँट कर रखने से ही छत्रभंग की आशंका से मुक्त नहीं रहा जा सकता, इसके लिए

जरूरी है ग्रह-नक्षत्रों, देवी-देवताओं और दिशाओं को भी बाँधकर रखा जाए। इन सबसे निबटने के लिए उन्होंने पुरोहित रघुनाथ चौबे की देखरेख में एक अलग विभाग ही खोल रखा था। पुरोहित जी अपने यजमान के सच्चे हितैषी थे और उनके पॉलिटिक्स को अच्छी तरह समझ चुके थे। वे साल भर कोई-न-कोई पूजा या कोई-न-कोई यज्ञ करवाते ही रहते थे, कभी विघ्न नाश के लिए, कभी अपयश-नाश के लिए, कभी सर्वविपत्ति-नाश के लिए और कभी सर्वमनोरथ-सिद्धि के लिए।

उस दिन एक इलाके में हुड़दंगी सोलकनों द्वारा ब्राह्मणों पर किए गए अत्याचार की खबरें अखबारों में बड़े विस्तार से छपी थीं। हुड़दंगियों ने ब्राह्मणों के घर में घुसकर उन्हें अपमानित किया था और कितनों को ही खदेड़कर मारा-पीटा था। ब्राह्मणों ने तौबा-तिल्ला मचाया था और इस घटना के लिए कलियुगी 'कंस' को जिम्मेवार ठहरा रहे थे।

मुकुन्द बाबू को यह खटका हुआ कि अखबर में छपी इन खबरों को पढ़कर रघुनाथ चौबे के मन में कोई खोट न आ जाए। चौबेजी खाँटी ब्राह्मण थे, और बहुत सम्भव था कि एक सीमा के बाद वे यजमान के पॉलिटिक्स को सुनने या मानने से इन्कार कर दें। ऐसा हुआ तो बहुत बुरा होगा। यह ब्राह्मण ऐसा कुचक्र चला सकता है कि सारे देवी-देवता वाम हो जाएँ, सारे ग्रह-नक्षत्र टेढ़ी दृष्टि डाल दें और कोई भी दिशा कभी शुद्ध हो ही नहीं। पूजा-पाठ और धार्मिक अनुष्ठानों के निश्चित विधि-विधान हैं। यह देखना पड़ता है कि हवन-कुंड कब वृत्ताकार होगा और कब पद्माकार, कब किस दिशा में चतुर्भुजाकार बनेगा और कब किस दिशा में त्रिभुजाकार। यह निश्चित है कि कब बेल, आक और ढाक की समिधा से अग्नि को प्रज्वलित करना चाहिए और कब नीबू, बहेड़ा और धतूरा की समिधा से। ऐसी गलती नहीं होनी चाहिए कि जहाँ कपूर-मिले जल से तर्पण करना चाहिए वहाँ मिर्च-मिले जल से तर्पण किया जा रहा हो। देवी-देवता अपनी-अपनी पसन्द के फूलों

का चढ़ावा चाहते हैं। अगर आग-धतूरा विष्णु पर और मालती-जूही शंकर पर चढ़ा दिया जाए, तो वे बिगड़कर भारी अनिष्ट कर डालेंगे।

पुचकारने-पुचारने के लिए मुकुन्द बाबू ने पुरोहित जी को बुलाया और पास बैठाकर पुचकारा देते हुए कहा, "जो कुछ हुआ है वह इस पॉलिटिक्स के कारण हुआ है, जिसके बल पर मैं सिंहासन पर बैठा हुआ हूँ और सुखासन पर। आपके मन में कोई मलाल तो नहीं है, पुरोहित जी?"

पुरोहित रघुनाथ चौबे जी ने तत्क्षण जवाब दिया था, "जो कुछ हुआ है, वह ईश्वर की इच्छा से हुआ है, सरकार। अवश्य उन ब्राह्मणों ने अपने पूर्वजन्म में ऐसा कर्म किया होगा जिसका फल वे इस जन्म में पा रहे हैं। मैं तो चाहता हूँ, सरकार, कि अगले जन्म में भी आप राजा बनें और मैं आपका पुरोहित।"

अगला जन्म?...अगला जन्म?...

पुरोहितजी अपना स्वस्तिवाच्य बोलकर चले गए और पुनर्जन्म का प्रश्न मुकुन्द बाबू के मन को मथने लगा। अगर पुनर्जन्म होता है, तब तो उन्हें अपने अगले जन्म के लिए भी कुछ करना होगा। अब इस जन्म के लिए क्या करना? आसन सुरक्षित है, छत्र सुरक्षित है। अब कोई उन्हें दबा नहीं सकता, गिरा नहीं सकता। मगर अगले जन्म में? सारे अनुष्ठान, पूजा-पाठ, व्यूह-रचना, उठा-पटक इस जन्म के लिए किए जा रहे हैं। अगले जन्म के लिए तो कुछ भी नहीं किया उन्होंने, कभी सोचा भी नहीं। उस क्षण से ही वे पुनर्जन्म के बारे में सोचने लगे। दिन-भर किसी काम में मन नहीं लगा उनका। किसी से बोलते-बतियाते हुए भी वे कहीं और खोये रहते थे। शाम के अपने सारे कार्यक्रम रद्द कर वे अपने आवास में आ गए और अपने कक्ष में बन्द हो गए।

रात्रि में भोजन के पश्चात् उन्होंने पुरोहितजी को अपने कक्ष में बुलाया। इशारे से सामने की कुर्सी पर उन्हें बैठ जाने को कहा और फिर देर की चुप्पी के बाद अपना मुँह खोला, "आप पुनर्जन्म में विश्वास करते हैं?"

"अवश्य करता हूँ, सरकार।" पुरोहितजी ने झटपट जवाब दिया, "हमारे यहाँ सांख्य, योग, न्याय, वैशेषिक, पूर्वमीमांसा, वेदान्त सबने पुनर्जन्म के सिद्धान्त को एक स्वर से स्वीकार किया है। इसे हम प्रत्यक्ष रूप से भी देखते हैं, सरकार। बालक जन्म लेते ही रोने लगता है। जन्म के बाद वह कभी हँसता है, कभी रोता है। जब माता उसके मुँह में स्तन देती हैं, तो वह उनमें से दूध खींचने लगता है। इस जन्म में उसने ये सब बातें सीखी नहीं हैं। पूर्वजन्म के अभ्यास से ही ये सब बातें उसके अन्दर स्वाभाविक रूप से होने लगती है। पूर्वजन्म में अनुभव किए हुए सुख-दुख का स्मरण करके ही वह कभी हँसता है, कभी रोता है, और धमकाने पर भयभीत होता है। इससे पुनर्जन्म सिद्ध होता है, सरकार।"

इतना सुनाकर पुरोहितजी कुछ देर के लिए रुके और जब उन्हें लगा कि उनका यजमान उनके मुँह से कुछ और अधिक सुनना चाह रहा है तो वे पुराणों में वर्णित पूर्वजन्म की कथाएँ सुनाने लगे। उन्होंने प्रह्लाद के पूर्वजन्म के बारे में बताया, देवर्षि नारद और नल-दमयन्ती के पूर्वजन्म के किस्से सुनाए, यह बताया कि कुब्जा और पूतना पूर्वजन्म में क्या थीं, कालियानाग और काकभुशुंडी के पूर्वजन्म की कथा सुनाई।

अभी वे कुछ और कथाओं का स्मरण कर ही रहे थे कि मुकुन्द बाबू ने अपनी चुप्पी तोड़ी, "आपने इच्छा जाहिर की है कि अगले जन्म में भी आप मेरे पुरोहित बनें।"

"हाँ, सरकार, यह मेरी हार्दिक इच्छा है।" रघुनाथ चौबे ने जवाब दिया।

"क्या यह सम्भव है," मुकुन्द बाबू ने पूछा, "कि अगले जन्म में भी मैं राजा बनूँ?"

"आप अवश्य राजा बनेंगे, सरकार।"

"यह आप कैसे कह रहे हैं, पुरोहितजी?"

"आप की जन्म-कुंडली बता रही है, सरकार।"

"जन्म-कुंडली बता रही है?"

"हाँ, सरकार, अस्टमस्थ राहु जातक को पुण्यात्मक बना देता है तथा मरने के बाद वह राजकुल में जन्म लेता है।" बोलते हुए पुरोहितजी का चेहरा खिल उठा।

"क्या जन्म-कुंडली सच बताती है?"

"हाँ, सरकार," पुरोहितजी सुनाने लगे, "भारतीय ऋषियों ने अपनी साधना एवं दिव्य ज्ञान से ग्रहों का अध्ययन करके जो निष्कर्ष निकाले हैं, वे प्रामाणिक हैं। इन सिद्धान्तों और नियमों के पीछे उनकी हजार वर्षों की तपस्या है। बालक जिस समय जन्म लेता है उस समय का शोधन कर, अक्षांश-देशान्तर संस्कार करने के पश्चात् बालक की जन्म-कुंडली बनाई जाती है। उस समय के ग्रहों की स्थिति के अध्ययन के फलस्वरूप यह ज्ञात किया जा सकता है कि बालक किस योनि से आया और मृत्यु के पश्चात् उसकी क्या गति होगी।"

"तो क्या, यजमान ने पुरोहित को घूरते हुए पूछा, "मेरी जन्म-कुंडली यह भी बता देगी कि मैं पूर्वजन्म में क्या था?"

"मैंने तो आपकी जन्म-कुंडली न जाने कितनी बार देखी है।" पुरोहितजी मुसकराते हुए बोले, "आपकी जन्म-कुंडली में लग्नस्थ गुरु इस बात का सूचक है कि आप पूर्वजन्म में वेदपाठी ब्राह्मण थे।"

"ब्राह्मण?"

"हाँ, सरकार।"

मुकुन्द बाबू ने गहरा उच्छ्वास छोड़ा और बोले, "पुरोहितजी आप मुझे सरकार नहीं कहिए, यजमान कहिए।"

"जैसा आदेश, यजमान।"

यजमान ने पुरोहित के चेहरे पर टक बाँधी और पूछ बैठे, "यह बता सकते हैं कि मेरा अगला जन्म किस जाति में होगा?"

पुरोहितजी नकार में सिर हिलाने लगे और कहा, "यह बताना सम्भव नहीं है, यजमान। हमारे जिन शास्त्रों-ग्रन्थों में पूर्वजन्म और पुनर्जन्म की चर्चाएँ हैं, उनके रचे जाने के बाद भी सैकड़ों जातियाँ पैदा हो गईं। जन्म-कुंडली यह नहीं बता सकती कि जातक का पुनर्जन्म किस जाति में होगा।"

"राजकुल का क्या मतलब?"

"राजकुल का मतलब ऐसा कुल जिसमें शासक पैदा होते हैं।"

"राजकुल में तो वे ब्राह्मण और राजपूत भी पैदा हुए हैं जिन्हें मैंने अपदस्थ कर दिया। राजकुल में जन्म लेकर भी मैं राजमुकुट हथिया लूँगा, यह तो निश्चित नहीं है।" मुकुन्द बाबू ने अपनी आशंका जाहिर की।

"सब शुभ होगा, यजमान, सब शुभ होगा।" पुरोहितजी ने आश्वस्त किया।

तब भी किसी अशुभ की आशंका रुकी रह गई मुकुन्द बाबू के मन में। उन्होंने पुरोहितजी से पूछा, "सब शुभ हो पुनर्जन्म में, क्या इसके लिए कोई व्यवस्था है शास्त्रों में? कोई जाप, कोई महायज्ञ?"

"हम समय-समय पर धार्मिक अनुष्ठान करते ही रहेंगे, उनसे ही आपका शुभ होगा, यजमान। आप निश्चिंत रहे।"

"तब भी मेरी राय है, पुरोहितजी।" मुकुन्द बाबू बोले, "आप कन्याकुमारी से कश्मीर तक की यात्रा करें और ढूँढ़-ढूँढ़कर ज्ञानियों, आचार्यों, तांत्रिकों, तपस्वियों, योगियों और बाबाओं से मिलें और यह जानकारी प्राप्त करें कि मैं किस प्रकार अपने अगले जन्म में भी राजसिंहासन हथिया सकता हूँ।" पुरोहितजी ने सब कुछ करने का बीड़ा उठाया और वहाँ से विदा हुए।

उसके जाने के बाद भी देर तक बैठे रह गए थे मुकुन्द बाबू। उस रात जैसी भी नींद आई हो उन्हें, पर अवश्य उन्होंने सपनों में भिन्न-भिन्न जातियों में अपने पुनर्जन्म देखे होंगे और उनकी मुलाकातें उन नेताओं से हुई होंगी जो अभी उनसे मैदान हारकर, मात खाकर हवा खा रहे थे।

उनकी सुबह अभी शुरू ही हुई थी कि मुख्य सचिव फूलचन्द लाल कई संचिकाओं के साथ आ धमके। संचिकाओं की बाबत बातें शुरू करते हुए मुख्य सचिव ने सुनाया, "नियुक्ति के लिए चयनित उम्मीदवारों में लगभग सारे के सारे सोलकन हैं। माननीय मंत्री जयकृष्ण झा के आग्रह पर दो ब्राह्मण उम्मीदवारों का चयन किया गया है। एक ब्राह्मण के लिए रघुनाथ चौबे ने पैरवी की थी। दो-दो उम्मीदवार राजपूत, भूमिहार और कायस्थ जाति से चयनित हुए हैं, जिनके पैरवीकार हमारे समर्थक हैं। शेष सब लोग अपने लोग हैं, बिलकुल अपने लोग।"

स्थिति से अवगत करा देने के बाद जब मुख्य सचिव ने नियुक्ति-पत्र निर्गत करने का आदेश माँगा, तो मुकुन्द बाबू पूछ बैठे, "आदमी का पुनर्जन्म होता है या नहीं?"

"पुनर्जन्म!" मुख्य सचिव अकबका गए, "पुनर्जन्म के बारे में मैंने सुना तो है, मगर हुजूर, इसके बारे में तो अच्छी जानकारी तो चौबेजी के पास होगी। उन्होंने तो काफी अध्ययन किया होगा इस विषय पर और वे सही बता सकते हैं।"

"नहीं।" मुकुन्द बाबू ने सिर हिला दिया, "इस विषय पर मैं रघुनाथ चौबे से बात नहीं करूँगा। वह ब्राह्मण है और मुझसे झूठ बोल सकता है, कोई गलत राय दे सकता है।"

"आप क्या पुनर्जन्म के बारे में कुछ सोच रहे हैं, हुजूर?" मुख्य सचिव ने प्रश्न किया।

"हाँ।" मुकुन्द बाबू ने जवाब दिया, "जानना चाहता हूँ कि पुनर्जन्म होता है या नहीं।"

"आप मोक्ष के बारे में क्यों नहीं सोचते, हुजूर?" मुख्य सचिव ने अपनी राय दी, "हमारे यहाँ जो ज्ञानी हैं वे मोक्ष के बारे में सोचते हैं, पुनर्जन्म के बारे में नहीं।"

"क्या होता है यह मोक्ष?"

"जन्म-मरण के बंधन से छूट जाने का नाम ही मोक्ष है, हुजूर।" मुख्य सचिव ने सुनाया, "जब मनुष्य मोक्ष को प्राप्त कर लेता है, तो उसे फिर इस संसार में आकर जन्म लेने की आवश्यकता नहीं होती। मोक्ष मिल जाने पर जीवन सदा के लिए सब प्रकार के बंधनों और कष्टों से मुक्त हो जाता है।"

"मैं किस बंधन और कष्ट में हूँ कि मोक्ष चाहूँगा?" मुकुन्द बाबू ने मुख्य सचिव की राय काट दी, "यहाँ तो सुख ही सुख है, मोक्ष मिल जाने पर क्या सुख! सुख में सुख है, सचिव महोदय कि सुख से वंचित हो जाने में सुख है?"

"यही तो मुझे आज तक समझ में नहीं आ रहा था, हुजूर!" मुख्य सचिव ने अपना अचरज प्रकट करते हुए कहा, "कि लोग मोक्ष के लिए मारामारी क्यों कर रहे हैं! मैं तो अपने लिए स्वर्ग में जगह पा लेने की कामना करता हूँ, हुजूर।"

"स्वर्ग में क्या-क्या सुख है फूलचन्द बाबू?"

"स्वर्ग में सुख ही सुख है, हुजूर।" मुख्य सचिव ने उत्साहपूर्वक सुनाया, "वहाँ दुख, शोक, रोग, मृत्यु का नाम भी नहीं है। वहाँ दूध और शहद की नदियाँ बहती हैं, अच्छे-अच्छे फलों के वृक्ष हैं, मनोहर वाटिकाएँ हैं, और कभी वृद्ध न होनेवाली अप्सराएँ हैं। वहाँ सारा सुख भोगते हुए तब तक निवास करता है प्राणी जब तक उसके पुण्यों का क्षय नहीं हो जाता।"

"पुण्यों का क्षय हो जाने पर क्या होता है?"

"प्राणियों को पुनः मृत्युलोक में वापस भेज दिया जाता है, हुजूर।"

"तो अब बताइए, सचिव महोदय," मुकुन्द बाबू ने लाहौल पढ़ा, "ऐसा कौन-सा सुख है स्वर्ग में जिसे मैं यहाँ प्राप्त नहीं कर सकता? और यह कैसा सुख, श्रीमान्, जिसके साथ बराबर यह दुख लगा रहे कि एक दिन स्वर्ग के देवता लात मारकर धरती पर गिरा देंगे? सुख तो मुझे वह चाहिए जो मैं यहाँ भोग रहा हूँ—सत्ता का सुख, शासन का सुख! अभी जो रोब-दाब है, शान-शौकत है, वह क्या नसीब होगा मुझे स्वर्ग में? दिन-रात देवताओं की अर्दली में रहना पड़ेगा। मुझे अपना स्वर्ग इस धरती पर चाहिए, सचिव

महोदय, मोक्ष की राय आप मेरे विरोधियों को दें, और स्वर्ग जाने के लिए छुटभैया नेताओं की लम्बी कतार है। आप सारे काम छोड़कर सबसे पहले इस बात की पक्की जानकारी प्राप्त करें कि आदमी का पुनर्जन्म होता है कि नहीं। आप पढ़ाकू हैं, इस विषय पर जितने भी शास्त्र, ग्रन्थ हैं, सबको पढ़ डालें। मगर मैं सिर्फ शास्त्रों और ग्रन्थों की बातों में बहकनेवाला नहीं हूँ। मैं पक्का प्रमाण चाहूँगा। आप पक्का प्रमाण जुटाएँ।"

"ठीक है, हुजूर," मुख्य सचिव ने विश्वास-भरे स्वर में कहा और फिर जाने के पहले पूछ डाला, "इन संचिकाओं को यहीं छोड़ जाऊँ?"

"नहीं, आप इन्हें अपने साथ ले जाएँ।" मुकुन्द बाबू ने जवाब दिया, "मैं इन नियुक्तियों पर बाद में निर्णय लूँगा।"

इन नियुक्तियों पर मुकुन्द बाबू की स्वीकृति झटपट मिल जाएगी, ऐसा सोचा था मुकुन्द बाबू के अन्तरंग सभा के सदस्यों ने। जब उन्हें पता चला कि नियुक्ति की संचिकाओं को बगैर दस्तखत क़िए मुकुन्द बाबू ने लौटा दिया है तो उन्हें भारी दुख हुआ और घोर अचरज भी। किनके कितने उम्मीदवार नियुक्त किए जाएँगे, यह सब मुकुन्द बाबू के साथ तय किया जा चुका था और उस निर्णय के अनुसार चयन भी किया गया था, तब फिर यह अचानक? सबसे बड़ी भीड़ तो मुकुन्द बाबू के उम्मीदवारों की ही थी!

अन्तरंग सभा के सदस्यों ने इन नियुक्तियों पर शीघ्रातिशीघ्र स्वीकृति देने हेतु मुकुन्द बाबू पर दबाव डालने के लिए अपनी ओर से बेनीलाल यादवजी को भेजा। जब बेनीलालजी ने मुकुन्द बाबू को अन्तरंग सभा का आग्रह सुनाया, तो उन्होंने जवाब दिया, "अपनी स्वीकृति देने के पहले मैं हर उम्मीदवार की जन्म-कुंडली देखना चाहता हूँ।"

"जन्म-कुंडली?"

"हाँ, बेनी बाबू।"

"वह क्यों?"

"यह बाद में बताऊँगा।"

"तो क्या हर उम्मीदवार की जन्म-कुंडली मँगवाई जाएगी?"

"हाँ।"

"क्या देखेंगे जन्म-कुंडली में?"

"बताऊँगा, सब बताऊँगा, मगर बाद में।" मुसकराते हुए कहा मुकुन्द बाबू ने।

"ऐसा भी तो हो सकता है कि नियुक्ति के बाद जन्म-कुंडली मँगवा ली जाए?"

"नहीं, तब जन्म-कुंडली देखना बेकार हो जाएगा।"

बेनी बाबू कुछ सोच में पड़ गए और कुछ उदास स्वर में बोले, "ऐसा न हो कि कोई लफड़ा लग जाए और हमारा अहित हो जाए।"

"मैं जो कुछ करता आया हूँ," मुकुन्द बाबू फिर मुसकराए, "वह अपनों के हित के लिए ही तो, अहित के लिए तो नहीं।"

कुछ देर और रुककर बेनीलालजी वापस लौट आए और अन्तरंग सभा के अन्य सदस्यों को मुकुन्द बाबू के साथ हुई बातचीत से अवगत करा दिया। सदस्यों ने मुकुन्द बाबू की बात का बुरा माना, बौखलाए, मगर फिर धीरे-धीरे शान्त हो गए। जन्म-कुंडली में क्या देखेंगे मुकुन्द बाबू—इस तह तक तो नहीं पहुँच पाए थे, मगर इस बात का विश्वास कर लिया कि जो कुछ होगा उनके हित में ही होगा। वे अब तक देखते आए थे कि मुकुन्द बाबू जो कुछ बोलते हैं या करते हैं उनमें से बहुतों के अर्थ बहुत बाद में धीरे-धीरे खुलते हैं।

मुख्य सचिव फूलचन्द लाल अपनी प्रगति की सूचना फोन पर लगातार मुकुन्द बाबू को देते रहे थे और तीसरे ही दिन ढेर सारे प्रमाण के साथ उपस्थित हुए। मिलते ही उन्होंने सुनाया, "मनुष्य का पुनर्जन्म होता है, इसके ढेर सारे प्रमाण मिल गए हैं हुजूर। हमारे धर्मशास्त्रों और ग्रन्थों में पुनर्जन्म की बहुत-

सी कथाएँ हैं, मगर वे सब मैं आपको नहीं सुनाऊँगा। उन सारे शास्त्रों और ग्रन्थों की रचना ब्राह्मणों ने की है। आप उन पर कतई विश्वास नहीं करेंगे। मैं ऐसे प्रमाण लेकर आया हूँ जिन पर आपका विश्वास जम जाएगा, हुजूर।"

"यह तो बड़ी अच्छी बात है।" मुकुन्द बाबू ने खुशी जाहिर की।

उस दिन दोपहर से रात उतरने तक मुख्य सचिव इसी शताब्दी में हुए पुनर्जन्म की सच्ची कहानियाँ पुस्तकों और पत्र-पत्रिकाओं से पढ़-पढ़कर मुकुन्द बाबू को सुनाते रहे।

बहुत विस्तार से ऐसी पचासों कहानियाँ सुनाईं उन्होंने जिनमें आदमी अपने पूर्वजन्म की बहुत पक्की जानकारी देता है, अपने ऐसे सगे-सम्बन्धियों के बारे में बताता है जिन्हें उसने इस जन्म में कहीं देखा नहीं है, ऐसी जगहों का वर्णन करता है जहाँ वह कभी गया ही नहीं; पूर्वजन्म की ऐसी बातों का जिक्र करता है कि जो जाँच के बाद बिलकुल सच पाई जाती हैं।

मुकुन्द बाबू ध्यानपूर्वक मुख्य सचिव के मुँह से पुनर्जन्म की कथाएँ सुनते रहे, विचित्र घटनाओं पर चकित होते रहे, और पुनर्जन्म में उनका यकीन पुख्ता होता चला गया। मुख्य सचिव की कहानियों का अन्त हुआ नहीं कि पूर्वजन्म के वेदपाठी ब्राह्मण का चित्र उनकी आँखों के सामने उभर आया और उन्होंने उस चित्र पर टक बाँध दी।

जब मुख्य सचिव जाने की इजाजत माँगकर उठ खड़े हुए, तो मुकुन्द बाबू ने कहा, "इस बात का मुझे पक्का विश्वास हो गया है कि मेरा पुनरागमन होगा, मगर यह तो मैं नहीं जान रहा हूँ कि मेरा पुनर्जन्म किस योनि में होगा।"

"आपका पुनर्जन्म मनुष्य योनि में ही होगा, हुजूर," मुख्य सचिव ने सुनाया, "आप निश्चिंत रहें।"

"आप किसी ब्राह्मण की तरह बातें मत करें, सचिव महोदय!" मुकुन्द बाबू ने झिड़क दिया, "इतना तो मैं भी जान रहा हूँ कि जो अच्छे कर्म करेगा उसे ही अच्छी योनि मिलेगी।"

"आप तो..." कुछ सहमते हुए स्वर में मुख्य सचिव बोले, "सुकर्म कर ही रहे हैं, हुजूर।"

"झूठ!" मुकुन्द बाबू ने आँखें तरेरीं, "आप बहुत कुछ जानते हुए भी झूठ बोल रहे हैं।"

"मैं झूठ बोल रहा हूँ?"

"हाँ," सहज हो उठे मुकुन्द बाबू, "आज तक मैंने कुकर्म ही किए हैं। मगर, जो किया वह क्षम्य है, क्योंकि मुझे इस जन्म में सत्ता के शीर्षासण पर स्थापित होना था। अब सुकर्म करूँगा, क्योंकि अपने अगले जन्म में मुझे अपना यह आसन पा लेना है।"

"आप कैसा सुकर्म करना चाहते हैं, हुजूर?" मुख्य सचिव ने पूछा।

"इस बात की जानकारी आप प्राप्त करें।" मुकुन्द बाबू ने जवाब दिया, "मैं सिर्फ अपनी चिन्ताओं से आपको अवगत करा देना चाहता हूँ।"

"कैसी चिन्ताएँ, हुजूर?"

"मेरी पहली चिन्ता है..." मुकुन्द बाबू ने सुनाया, "कि मैं मनुष्य योनि में जन्म लूँ। मेरी दूसरी चिन्ता है कि मैं जन्म लेकर एक राजनेता बनूँ। मेरी आखिरी चिन्ता है कि मैं हर जन्म में छलाँग लगाकर सत्ता के शीर्षासण पर बैठ जाऊँ।"

"आपकी इच्छा जरूर पूरी होगी, हुजूर।"

"मुझे आपके आशीर्वाद की जरूरत नहीं है।" मुकुन्द बाबू गम्भीर स्वर में बोले, "मुझे यह जानकारी चाहिए कि किस तरह मैं अपनी इच्छा पूरी करूँगा।"

"मुझे कुछ समय चाहिए, हुजूर!" मुख्य सचिव ने भार ग्रहण किया, "इस विषय पर जो भी जानकारी इस धरती पर उपलब्ध है उसे मैं आपके समक्ष प्रस्तुत कर दूँगा।"

मुख्य सचिव समय लेकर चले गए और मुकुन्द बाबू ने अपना सारा समय पुनर्जन्म के सोच-विचार में लगाना शुरू कर दिया। पुरोहितजी और

मुख्य सचिव के भरोसे बैठे रहना उन्हें उचित नहीं लगा। पुनर्जन्म पर लिखी जितनी पुस्तकें उपलब्ध हो सकती थीं, उन्होंने अपने पास मँगा लीं और उन पुस्तकों का मंथन करने लगे। जहाँ वे पहले प्रतिदिन सैकड़ों लोगों से मुलाकात किया करते थे, अब दो-चार लोगों के लिए भी समय निकाल पाना सम्भव नहीं होता था।

अपनी इस व्यस्तता में भी अन्तरंग सभा के सदस्यों से उनका मिलना जरूरी होता था। वे जब-तब जिस-तिस काम से आते ही रहते थे।

तिलकधारी मेहता अन्तरंग सभा के एक प्रमुख सदस्य थे। वे मुकुन्द बाबू से मिलने आए थे और उनका चेहरा बहुत तमतमाया हुआ था। वे इतने गुस्से में थे कि राम-सलाम करना भी भूल गए और बड़ी ऊँची आवाज में अपनी शिकायत सुनाई, "यह आपने किस कपटी ब्राह्मण को मेरे इलाके में भेज दिया?"

"किसकी बात कर रहे हैं तिलकधारी बाबू?" मुसकराते हुए पूछा मुकुन्द बाबू ने।

"बात कर रहा हूँ, आरक्षी अधीक्षक महाकान्त पाठक की।"

"उन्हें तो मैंने आपकी राय लेकर भेजा है आपके इलाके में।"

"मुझे क्या पता था कि यह आदमी कपटी है, जातिवादी है।" मेहताजी ने तिक्त स्वर में कहा, "यह तो मेरी ही जड़ खोदने में लगा हुआ है।"

"मैंने तो आपके इलाके के ब्राह्मण अपराधियों की एक सूची ही थमा दी थी महाकान्त पाठक को और उससे कहा था कि एक-एक करके मार गिराए।"

"अब ब्राह्मणों में अपराध है कहाँ, जो आपने सूची थमा दी है?" मेहताजी भनभनाए, वह तो हमारे आदमियों को मार रहा है।"

"हमारे आदमियों को?"

"हाँ," मेहताजी ने गुस्सा प्रकट किया, "परसों उसने हमारे एक कार्यकर्ता गनपत मेहता को मार डाला।"

"हाँ, गनपत मेहता के बारे में पढ़ा था मैंने अखबारों में।" मुकुन्द बाबू बोले, "वह तो अपराधी था।"

"अपराधी रहा होगा।" मेहताजी ने प्रतिवाद किया, "अपराध करते हुए नहीं मारा गया वह। मुझे तो पक्की खबर मिली है कि उसे घर से उठाकर ले जाया गया और एक जंगल में गोली मार दी गई।"

"वह अपराधी तो था।" मुकुन्द बाबू की आवाज बदली हुई थी, "उसके पास से पिस्तौल और कारतूस बरामद हुए थे। अपराध के कई मामले चल रहे थे उसके विरुद्ध, हत्या और लूट के मामले।"

"अपराधी था तो क्या हुआ, था तो हमारा आदमी।" खम ठोककर कहा तिलकधारी मेहताजी ने, "यह महाकान्त पाठक बराबर गनपत को मेरे साथ देखता रहा था, तब भी उसकी हिम्मत हुई गनपत को मारने की! आप इस आदमी को तुरन्त मेरे इलाके से हटाइए।"

"आपने कभी इस तरह सोचा है तिलकधारी बाबू," नाक-भौं सिकोड़ते हुए पूछा मुकुन्द बाबू ने, "कि यह गनपत अपने पिछले जन्म में ब्राह्मणकुल में पैदा हुआ होगा और इसने सोलकनों को खूब सताया होगा?"

"मुझे बेनीलालजी ने बताया था कि आजकल आप हर एक की जन्म-कुंडली देखते फिरते हैं।" मेहताजी कुछ खीझकर बोले, "मुझे इस बात से जरा भी मतलब नहीं कि अपने पिछले जन्म में कौन क्या था और अगले जन्म में किस कुल में पैदा होगा। मैं बस, इतना जानता हूँ कि गनपत मेरी जाति का था और मेरा आदमी था। मेरे आदमियों के बीच खलबली मची हुई है। ढेर सारे गनपत हैं मेरे साथ, और यह कपटी ब्राह्मण उन पर भी निशाना साध सकता है। अगर वह तुरन्त मेरे इलाके से नहीं गया, तो मेरे ही आदमियों के हाथ मारा जाएगा।"

इतना बोलकर उठे तिलकधारी बाबू तो मुकुन्द बाबू भी उठ खड़े हुए और मेहताजी के विदा होने के पहले कहा, "मैं किसी को आपकी जड़ खोदने नहीं दूँगा, तिलकधारी बाबू, उस जड़ को मैं और भी मजबूत कर दूँगा।"

पुस्तकों के मंथन से, मुकुन्द बाबू ने महसूस किया, उनकी अपनी ही जड़ मजबूत होती जा रही है। इस मन्थन-मनन ने उनके अन्दर सारे अनजले दीपों को जला दिया था, ज्ञान की नई रोशनी प्रदान की थी और एक अलौकिक शक्ति का संचरण किया था। उन्हें लगा कि अपने कितने ही पुनर्जन्म से गुजरते हुए वे उस लीक पर बढ़े जा रहे हैं जो उन्हें हर जन्म में सत्ता के शीर्ष पर पहुँच जाने में सहायता कर रही है। उनकी चिन्ताएँ दूर हो रही थीं, मगर शंकाओं ने अभी भी साथ नहीं छोड़ा था।

निश्चित समय पर आ पहुँचे थे मुख्य सचिव और चहकते-चमकते हुए मुकुन्द बाबू के समक्ष प्रकट हुए थे। प्रकट होते ही सुनाया, "अब इस बात में जरा भी शक की गुंजाइश नहीं है, हुजूर, कि आपका पुनर्जन्म मनुष्य योनि में ही होगा।"

"ऐसा कहने का क्या आधार है आपका?" मुकुन्द बाबू ने पूछा।

"बहुत-सी योनियों से गुजरने के बाद आत्मा मनुष्य योनि प्राप्त करती है। और मनुष्य योनि प्राप्त करने के बाद वह अन्य योनियों में नहीं जाती, ऐसा आचार्यों का मत है। गौतम बुद्ध को तो अपने पाँच सौ गतजन्मों की स्मृति थी। पशुओं के रूप में पुनर्जन्म की जो बात आई है वह उन लोगों की ओर संकेत है जो मानवरूप में पाशविक गुणों वाले होते हैं।"

मुख्य सचिव की बात सुन लेने के बाद मुकुन्द बाबू बोले, "मैंने यह सोच लिया है कि इस जन्म में जो रणनीति मैंने अपनाई है उसे बदल डालूँगा। अगर मनुष्य-योनि में मेरा पुनर्जन्म नहीं होता है, तब क्या जरूरत है कि किसी जाति-विशेष का वर्चस्व कायम करने के लिए मैं पापकर्म करूँ! अगर मेरा पुनर्जन्म मनुष्य-योनि में होता भी है, तब भी यह कहाँ निश्चित है कि जिस जाति का वर्चस्व मैं कायम करने जा रहा हूँ, उस जाति में ही मेरा जन्म हो! हो सकता है, मेरा जन्म ब्राह्मणकुल में, राजपूतकुल में या भूमिहारकुल में हो जाए। तब क्या यह सम्भव होगा कि मैं अगले जन्म में भी सत्ता हथिया

लूँ? मेरा भी वही हाल होगा जो सारे बबुआन राजनेताओं का हुआ है। जिस जातिवाद को मैंने आज तक प्रश्रय दिया है उसे अब अपने पास फटकने भी नहीं दूँगा। अब मैं एक जातिविहीन समाज की रचना के लिए अपनी सारी शक्ति लगा दूँगा। उस समाज में सब बराबर होंगे, कोई बड़ा या छोटा नहीं होगा।"

"अगर सचमुच ऐसा हो पाया, तो आप इतिहास पुरुष कहलाएँगे, हुजूर, मगर..." मुख्य सचिव ने आशंका व्यक्त की, "इसमें खतरा है, हुजूर, इस जन्म में खतरा है!"

"कैसा खतरा?"

"अगर आपने जातिवाद को तिलांजलि दे दी और सोलकनों के हित में बबुआनों पर अत्याचार नहीं किया, उन्हें दबाया-कुचला नहीं, तो आपकी अन्तरंग सभा के सारे सदस्य आपके विरुद्ध हो जाएँगे, सारे सोलकनों को आपके विरुद्ध भरकाएँगे।"

"उस पर भी मैंने सोच लिया है फूलचन्द बाबू।" मुकुन्द बाबू ने दृढ़ स्वर में कहा, "मेरे तरकश में बहुत तीर हैं। अपने विरोधियों को मैंने किस तरह धूल चटाई है, यह आप जानते हैं। मेरी राजनीति में वह जादू है जो जनता को मेरे वश में करता है और मेरे दुश्मनों को जमीन दिखा देता है। इस जन्म में अब किसी की चाल मेरी चाल के आगे नहीं टिक सकती। मैं कोई भी खतरा उठाऊँगा, फूलचन्द बाबू, क्योंकि एक जन्म के सुख के लिए अपने सारे पुनर्जन्मों को नरक नहीं होने दूँगा।"

"मेरी शुभकामनाएँ आपके साथ रहेंगी!" बोलकर मुख्य सचिव मुसकराए।

"आपकी शुभकामनाएँ तो तब फलीभूत होंगी, फूलचन्द बाबू," मुसकराते हुए कहा मुकुन्द बाबू ने, "जब अगले जन्म में भी मेरी रुचि राजनीति में हो और मैं एक राजनेता बनूँ।"

"यह तो होना ही है, हुजूर, यह तो होगा ही।" मुख्य सचिव ने निश्चिंत भाव से कहा, "श्रीमद्भगवद्गीता व्याख्या करती है कि जिस-जिस भाव का

स्मरण करता हुआ मनुष्य शरीर को त्यागता है, उसी-उसी भाव को वह निश्चित रूप से अपने अगले जन्म में प्राप्त होगा। मृत्यु के समय प्रत्येक जीव चिन्ता करता है कि उसकी पत्नी और बच्चों का क्या होगा। उसी प्रकार एक राजनेता, जो अपनी जन्मभूमि के प्रति अत्यन्त आसक्त होता है, चिन्ता करता है कि उसके देश का क्या होगा। इस आसक्ति के कारण अपना राजनीति जीवन पूरा करने के पश्चात् राजनेता अपनी उसी भूमि में पुनर्जन्म लेता है। महात्मा गांधी ने एक बार कहा था कि वे जब तक समूची मानवता को मैत्री के आलिंगन में नहीं बाँध डालते, तब तक लगातार जन्म लेते रहेंगे। अगर आपका जन्म महात्मा गांधी के मृत्यु के पूर्व नहीं हो गया होता, हुजूर तब तो मैं यही मानता कि महात्मा गांधी का पुनर्जन्म आपके रूप में हुआ है। अब सुनाता हूँ महानतम मनोवेत्ता कार्ल जुंग के बारे में!" बोलकर वे अपने साथ लाई हुई एक बही के पन्ने पलटने लगे, "हाँ, महानतम मनोवेत्ता कार्ल जुंग ने कहा है, 'मैं अच्छी तरह कल्पना कर सकता हूँ, कि मैं विगत शताब्दियों में जीवित रहा, और वहाँ मैं उन प्रश्नों का सामना किया जिनका उत्तर तब मैं नहीं दे सका था; कि मुझे फिर जन्म लेना पड़ा क्योंकि मैं उस काम को पूरा नहीं कर सका जो मुझे सौंपा गया था।"

बोलकर उन्होंने बही बन्द की और फिर बोलने लगे, "आप एक जातिविहीन और भेदभावमुक्त समाज की स्थापना करना चाहते हैं। यह एक सपना ही है आपका जिसे आप सच कर डालना चाहते हैं। ऐसे उद्‌देश्य की प्राप्ति के लिए एक जन्म पर्याप्त नहीं होता और महात्माओं को अनेक जन्म लेने पड़ते हैं। आपको भी कार्ल जुंग की तरह कई-कई जन्म लेने पड़ेंगे... महात्मा गांधी की तरह अनेक जन्म लेने पड़ेंगे।"

अपनी बात समाप्त कर मुख्य सचिव मुकुन्द बाबू का चेहरा निहारने लगे कि उनकी बातों का उन पर प्रभाव पड़ा या नहीं! मुकुन्द बाबू ने झटपट स्वीकार कर लिया कि मुख्य सचिव की बातें उनकी साँसों की तरह सच हैं,

और फिर अपनी एक परेशानी का जिक्र कर डाला, "यह तो होगा कि मैं मनुष्य योनि में जन्म लूँगा; यह भी होगा कि मैं एक राजनेता बनूँगा; मगर यह कैसे होगा कि मैं छलाँग मारकर सत्ता के शीर्ष पर विराजमान हो जाऊँगा? जो जादू आज मेरे पास है, वह क्या अगले जन्म में भी मेरे पास रहेगा?" जीवन में पहली बार मुख्य सचिव मुकुन्द बाबू के पास खुलकर हँसे। उन्होंने हँसते हुए ही कहा, "होगा, हुजूर, वह जादू भी आपके साथ होगा।" बोलकर उन्होंने फिर अपनी बही खोली और उसमें से पढ़कर सुनाने लगे, "प्रतिभा कोई सहजात क्षमता या ईश्वरप्रदत्त शक्ति नहीं है, यह अनेक जन्मों में संसिद्ध अनुभवों का फल है। आदमी जो अनुभव, ज्ञान और कौशल इस जन्म में प्राप्त करता है, वे सब उसके अगले जन्म में उसके साथ रहते हैं।" इतना बोलकर उन्होंने बही से अपनी नजरें उठाईं और कहा, "मुझे पुस्तकों में यहाँ तक पढ़ने को मिला है कि आदमी को अपने पुनर्जन्म की भाषा तक याद रह गई है जिसे उसने इस जन्म में सीखा नहीं है, और कभी-कभी वह हजारों साल पुरानी भाषा रही है, जिसे जानने-समझने वाले गिने-चुने भाषाविद् दुनिया में बचे हैं। मैं कुछ उदाहरण प्रस्तुत कर रहा हूँ, हुजूर।" कहकर उन्होंने फिर अपनी बही खोली और पढ़ने लगे, "न्यूयार्क में रहनेवाली क्यूबानिवासी राचाले ग्रांड को यह अलोकिक अनुभूति हुआ करती थी कि वह अपने पूर्वजन्म में नर्तकी थी और यूरोप में रहती थी। खोज करने पर पता चला कि साठ वर्ष पूर्व स्पेन देश में उसके विवरण की एक नर्तकी रहती थी। राचाले की कहानी का अधिक आश्चर्यजनक अंश वह था जिसमें उसका कथन था कि अपने वर्तमान जन्म में वह जन्मजात नर्तकी है और उसने बिना किसी के मार्गदर्शन अथवा अभ्यास के हाव-भावयुक्त नृत्य सीख लिया है। इसी प्रकार एक आश्चर्यजनक सच अमरीकी सेनापति जार्ज एस.पैटन ने भी सुनाया है। उन्होंने अपना विश्वास व्यक्त किया था कि उनके पास जो भी सैनिक कौशल था उसे उन्होंने इस जन्म में नहीं, बल्कि अपने पूर्वजन्मों के युद्ध-क्षेत्रों में प्राप्त

किया था।" बोलकर बही बन्द कर दी मुख्य सचिव ने और मुसकराते हुए मुकुन्द बाबू से पूछा, "अब तो आपको विश्वास हो गया होगा, हुजूर, जो जादू आज आपके पास है वह आपके अगले जन्मों में भी आपके साथ रहेगा?"

मुकुन्द बाबू ने कोई जवाब नहीं दिया और आँखें बन्द कर ध्यानस्थ हो गए। जब उन्होंने आँखें खोलीं, तो मुख्य सचिव ने धीरे से पूछा, "क्या सोच रहे थे, हुजूर?"

"मैं सोच रहा था," मुकुन्द बाबू ने मुसकराते हुए जवाब दिया, "कि इस जन्म में मुझे कोई खतरा नहीं है और अपने हर पुनर्जन्म में मैं हर खतरे से पार पा जाऊँगा।"

मुख्य सचिव ने अपने चेहरे से अपनी खुशी प्रकट की और जाने के पहले सुनाया, "मैंने भी अब वह गुर सीख लिया है कि अपने हर जन्म में आपकी छत्रछाया में मैं भी मुख्य सचिव के पद को प्राप्त कर लूँगा।"

इधर शिलान्यासों की बाढ़-सी आई हुई थी। जगह-जगह कीर्ति-स्तम्भ खड़े किए जा रहे थे। जहाँ कहीं नुक्कड़ या तिराहे-चौराहे पर खाली जगह मिलती, उसे झटपट किसी स्मारक के निर्माण के लिए घेर लिया जाता और यथाशीघ्र शिलारोपन कर दिया जाता। ढेर सारे महात्माओं के साथ ढेर सारी दुरात्माओं की प्रतिमाएँ भी स्थापित हो गई थीं। सोलकनों का शायद ही कोई ऐसा अभागा नेता होगा जो हाल में मरा होगा और अमर नहीं हो गया होगा।

बबुआनों में अब वह पहलेवाला बल नहीं रहा कि जहाँ चाहें, अपनी किसी आदमी की प्रतिमा स्थापित कर दें। बहुत दिनों के बाद इधर उनकी निगाह एक बबुआन साहित्यकार पर गई थी जिसकी प्रतिमा स्थापित करने का उन्होंने साहस जुटाया था, क्योंकि यह साहित्यकार सोलकनों के बीच भी समादृत था। उन्होंने राजधानी में एक बहुत ही अच्छी जगह ढूँढ़ निकाली और शिलान्यास के लिए उसे घेर लिया।

सोलकनों को यह रास नहीं आया कि इतनी अच्छी जगह किसी बबुआन को मिले। उन्होंने बबुआन का लगाया पट उखाड़ फेंका और वहाँ अपने एक नेता का कीर्ति-स्तम्भ खड़ा करने की घोषणा कर दी। भारी हंगामा हुआ। बबुआनों ने एक जुलूस निकाला और प्रशासन को यह धमकी दे डाली कि वे अपने साहित्यकार के लिए मारामारी तक कर सकते हैं। प्रशासन को उपद्रव की आशंका हुई। उसने उस जगह को अपने कब्जे में ले लिया और वहाँ पहरा बिठा दिया। बात इतनी बिगड़ी और बढ़ी कि अन्तरंग सभा के सारे सदस्य एक साथ मुकुन्द बाबू के पास पहुँचे और उन पर दबाव डाला कि वे विवादित स्थल को सोलकनों के नेता का कीर्ति-स्तम्भ खड़ा करने के लिए मुक्त करवा दें।

सबकी सुन लेने के बाद मुकुन्द बाबू अपनी सुनाने लगे, "इधर कुछ दिनों से मैं सिर्फ इस जन्म के बारे में ही नहीं, अगले जन्मों के बारे में ही सोचता रहा हूँ। मैंने पुनर्जन्म पर ढेर सारी किताबें पढ़ी हैं। और मुझे उनमें इस बात के स्पष्ट प्रमाण मिले हैं कि आदमी का पुनर्जन्म होता है। इन पुस्तकों को पढ़ने के बाद आप सब भी इसी निष्कर्ष पर पहुँचेंगे। अगर यह सच है, और सच है, तो हम क्यों सिर्फ एक जन्म के बारे में सोचें जिसमें हमें सौ-पचास वर्ष ठहरना होता है, क्यों नहीं उन सारे जन्मों के बारे में सोचें जिनमें हमें अपने हजार-लाख वर्ष गुजारने हैं! मैंने सोचा है कि जो सुख मैंने और आपने इस जन्म में भोगा है वही सुख हम सब अपने अगले जन्मों में भी भोगें। क्या आपने कभी सोचा है कि आपका पुनर्जन्म किसी ब्राह्मण या राजपूत या भूमिहारकुल में भी हो सकता है? अगर ऐसा होता है, तो क्या आप उस जन्म में सत्ता हथिया पाएँगे? क्या आपने कभी सोचा है कि जिन बबुआनों को आज आप कुचल रहे हैं या कुचल देना चाहते हैं, उन्होंने, हो सकता है, पिछले जन्मों में शूद्र या सोलकनकुल में सुख भोगा हो? तब क्या यह उचित होगा कि उन्हें इस जन्म में भी दुख दिया जाए? मैंने सपना

देखा है एक ऐसे समाज का जिसमें हम किसी भी कुल में जन्म लेकर सत्ता हथिया लेंगे। मैंने पुस्तकों से यह ज्ञान प्राप्त किया है कि अगर हम इस जन्म में राजनेता हैं तो अपनी इच्छा-भर से अगले जन्म में भी हम राजनेता बनेंगे। जनता को जो वशीभूत करने का जादू आज हमारे पास है, वह अगले जन्मों में भी हमारे साथ होगा। मैं चाहूँगा कि जिस समाज का मैंने सपना देखा है उसके निर्माण में आप सब सहयोग दें। यह हम सबके हित में होगा। हमें अब अपना रुख-रवैया बदल डालना है।"

अन्तरंग सभा के किसी सदस्य ने भी खोदकर नहीं पूछा। यह स्पष्ट हो चुका था कि जिस काम से वे सब मुकुन्द बाबू के पास पहुँचे थे वे काम मुकुन्द बाबू नहीं करेंगे। मुकुन्द बाबू का प्रवचन समाप्त होते ही सारे सदस्य वहाँ से विदा हो गए। अन्तरंग सभा का कोई सदस्य अब मुकुन्द बाबू का अन्तरंग नहीं रहा।

यह अलगाव उस दिन की उपज नहीं था। जब से मुकुन्द बाबू ने सोलकन नेताओं की बातों पर कान देना बन्द किया था तबसे दरार पड़ने लगी थी, दुराव पैदा होता गया था। मुकुन्द बाबू के बदले रुख-रवैए को लेकर सोलकन नेताओं के बीच विचार-विनिमय होता रहता था और वे सब मुकुन्द बाबू के विरुद्ध सुलगने लगे थे। जब बेनीलाल यादव ने पहली बार सुनाया था कि किसी का काम करने के पहले मुकुन्द बाबू उसकी जन्म-कुंडली देखना चाहते हैं, तो सोलकन नेताओं को लगा था कि मुकुन्द बाबू कोई शगूफा खिलाना चाहते हैं, और मान लिया था कि जो कुछ होगा, वह सोलकनों के हित में ही होगा। सोलकनों के हित में कुछ भी नहीं करके मुकुन्द बाबू ने उनके विश्वास की जड़ में मट्ठा डाल दिया। जब तिलकधारी मेहता के दुराग्रह पर उनके इलाके से आरक्षी अधीक्षक महाकान्त पाठक को हटाया नहीं गया, तो मेहताजी ने यह आरोप लगाया कि बबुआन ने पैसों से मुकुन्द बाबू को खरीद लिया है और महाकान्त पाठक ने अपनी जगह पर बने रहने के लिए कोई

भारी रकम मुकुन्द बाबू को घूस में दी है। जब सोलकनों के और नेताओं ने भी देखा कि मुकुन्द बाबू के दिल में अब उनके लिए कोई जगह नहीं है, तब उन सबकी आँखों की किरकिरी हो गए मुकुन्द बाबू।

विवादित स्थल को मुक्त कर देने का कोई वचन देने की बजाय जब अलाय-बलाय प्रवचन दिया मुकुन्द बाबू ने तो सोलकन नेताओं ने सोच लिया कि अब उन्हें इस मुकुन्द से मुक्ति की युक्ति ढूँढ़ निकालनी होगी। यह स्पष्ट हो गया था कि महान बनने की कोशिश में मुकुन्द बाबू गद्दार बन गए थे, उन सोलकनों के साथ छल किया था जिन्होंने उन्हें शासन के शीर्ष पर बिठा डाला था।

बेनीलाल यादव, तिलकधारी मेहता, चुन्नी पासवान, राजेश पटेल और चम्पक राम की गुप्त मंत्रणाएँ शुरू हुईं। वे जान रहे थे कि मुकुन्द बाबू को डिगाना आसान नहीं था और उन्हें खुलकर ललकारना आत्मघाती होगा। उन्होंने अपनी अभिसन्धि में यह निर्णय ले लिया कि...

जिस लीक पर चलकर वे अपने सपनों के समाज की रचना करेंगे, उस लीक पर अपने कदम बढ़ा दिए मुकुन्द बाबू ने। इस लीक पर बढ़ते हुए उन्हें महसूस होता रहा कि संसार का सारा ज्ञान उनके अन्दर समा गया है; संसार की सारी ज्योति उनके अन्दर प्रवेश कर गई है; संसार की सारी शक्तियाँ उनके अन्दर इकट्ठा हो गई हैं। वे जान रहे थे कि उनकी राह में काँटे ही काँटे हैं और हर कदम पर मौत का खतरा है, पर कभी दुश्चिंताओं ने उन्हें नहीं घेरा और कभी मौत की परवाह उन्होंने उस दिन भी नहीं की...

उस दिन एक जनसभा को सम्बोधित करते हुए मुकुन्द बाबू ने सुनाया था, “इस सभा को सम्बोधित करने के लिए जब मैं आ रहा था, तो किसी ने मुझे टेलीफोन पर हिदायत दी कि मैं आज का अपना कार्यक्रम रद्द कर दूँ, क्योंकि

मेरी जान पर खतरा है। मैं नहीं रुका। जब मैं अपनी गाड़ी से आ रहा था, तो रास्ते में एक जगह सड़क से दूर खड़ा एक आदमी चिल्ला-चिल्लाकर कुछ बोलते हुए जोर-जोर से अपना हाथ हिला रहा था। मैं समझ गया कि वह मुझे आगे बढ़ने से मना कर रहा है। मैंने उसकी बात नहीं मानी। अभी-अभी जब मैं इस मंच पर आया, तो मुझे सामने की मेज पर कागज का एक छोटा-सा पुरजा दिख गया। मैंने अनायास उसे उठा लिया। उस पर लिखा हुआ है—'एक क्षण भी नहीं रुकें, जान पर खतरा है यहाँ।" जान पर खतरा, मगर मैं रुकूँगा। मैं मृत्यु से नहीं डरता। अपनी मौत के साथ मुझे कोई हानि नहीं पहुँच सकती। मैं आपको प्रसिद्ध सूफी कवि जलालुद्दीन रूमी की एक कविता सुनाता हूँ—

मैं खनिज के रूप में मर गया,
और वनस्पति बन गया;
मैं वनस्पति के रूप में मर गया,
और उठकर पशु हो गया;
मैं पशु के रूप में मर गया,
और आदमी था।
मैं क्यों डरूँ?
मृत्यु से मुझे क्या घाटा हुआ?

"मैं मरूँगा और फिर जन्म ले लूँगा। जिस जातिविहीन और भेदभावमुक्त समाज की रचना का सपना देखा है मैंने, उसे मैं पूरा करूँगा। मेरी मृत्यु मेरे लिए नया जीवन भी है। अपने उद्देश्य की प्राप्ति के लिए मैं फिर जन्म लूँगा, मैं फिर-फिर जन्म लूँगा। मृत्यु से मैं क्या डरूँ! क्यों मैं डरूँ मृत्यु से?..."

नालायक

जब राजारामजी को ऐसा लगा कि बेटा पुरुषोत्तम घर-दुकान चलाने लायक हो गया है, तब उन्होंने यह निर्णय ले लिया कि अब उसे अपनी गद्दी सौंप दी जाए और वे अपनी साँस यह देखते हुए लें कि बेटा लायक हो गया है। मगर इस निर्णय के साथ ही उन्हें एक चिन्ता सताने लगी।

राजारामजी अपनी जिन्दगी का अधिकांश किसी सतयुग में काटकर आए थे और बेटे को अपनी सारी जिन्दगी किसी घोर कलियुग में गुजारनी थी। कलियुग में काटे गए इधर के कुछ बरसों में उन्हें जो अनुभव हुए थे, उन अनुभवों ने ही उनकी चिन्ता को जन्म दिया था। वे लगातार महसूस कर रहे थे कि जिस तरह वे अपनी जिन्दगी की गाड़ी को सतयुग में दौड़ाते रहे और कलियुग में भी किसी तरह आगे बढ़ाते रहे, इस तरह उनका बेटा अपनी जिन्दगी की गाड़ी को इस घोर कलियुग में नहीं हाँक पाएगा। इस बदले हुए जमाने में लूट, बेईमानी, निर्दयता, निर्लज्जता, ठगी, धूर्तता और विश्वासघात का बोलबाला है। उन्हें पुरुषोत्तम को इस कलियुग के लायक बना देने की चिन्ता हुई।

राजारामजी छोटा-मोटा व्यवसाय करते थे, मगर अपनी दुकान से वे इतना उपार्जन कर लेते थे कि परिवार का पेट पालने के बाद भी दीन-दुखियारों की मदद करने के लिए उनके पास कुछ बच जाता था। कभी-कभी अपना कुछ

नुकसान उठाकर भी वे जरूरतमन्दों की मदद करते थे, और कभी-कभी यह जानते हुए भी कष्ट में फँसा जो आदमी उनसे पैसे माँग रहा है वह फिर कभी पैसे लौटाकर नहीं देगा। उन्होंने कभी किसी से बेईमानी नहीं की, किसी को ठगा नहीं। इधर के कुछ वर्षों में उन्होंने दो-एक बार झूठ बोलना चाहा था, पर जबान ही लड़खड़ा गई।

ऐसा नहीं था कि राजारामजी ईश्वर से डरते थे या स्वर्ग-नरक अथवा पाप-पुण्य की उन्हें चिन्ता थी। उन्हें तो कभी पूजा-पाठ में भी मन लगाते नहीं देखा गया था, न कोई व्रत-उपवास करते। पिता के सारे सद्गुण और नैतिकता उनकी जनम घूँटी में पड़ गई थी। उन्हें यह डर सता रहा था कि कहीं वे सद्गुण और नैतिकता पुरुषोत्तम की जनम घूँटी में न पड़ गई हो।

बदले हुए जमाने में हँसी-खुशी जिन्दगी गुजार ले बेटा, इस हेतु उन्होंने अच्छी तरह बेटे का कान फूँक देना चाहा।

बेटे को सुनाने के लिए उन्होंने मन-ही-मन एक प्रवचन तैयार किया और उसमें कितनी ही सीखें और सूक्तियाँ ठूँसीं। प्रवचन तैयार करने के बीच कितनी ही बार उनका जी घबराया, दिल दहल उठा, मगर बेटे का मोह इस कदर सवार था उन पर कि उन्होंने अपने मन को काबू किया और कलेजा पत्थर का बना लिया।...गुजारना चाहता हूँ। आज से तुम घर के मालिक हुए। यह दुकान अब तुम सँभालो। कल से गद्दी पर मैं नहीं, तुम बैठोगे।"

बेटा ध्यानपूर्वक पिता की बातें सुन रहा था।

पिता ने आगे कहना शुरू किया, "जमाना अब बदल गया है, पहले जैसा नहीं रहा। बड़ा बुरा जमाना आ गया है। जिस तरह मैंने अपना समय काटा था, उस तरह तुम अपना समय नहीं काट सकते, कंगाल हो जाओगे। इसलिए मेरी जिन्दगी से कोई शिक्षा ग्रहण मत करना। कोई निर्णय लेते हुए

कभी यह याद मत करना कि पिता ने ऐसा किया था या ऐसा कहा था। सिर्फ यह याद रखना जो अभी मैं कह रहा हूँ।"

बेटे ने हाँ में सिर हिलाया।

पिता ने बात आगे बढ़ाई, "मेरे जमाने के लोग भले थे, अब भलों का संसार ही नहीं रहा। कपट और बेईमानी का बाजार गर्म है। हर आदमी अब खोटा है यहाँ। ऐसे में हर अच्छे आदमी को भी बुरा बनना होगा। अब दया, भद्रता और ईमानदारी से काम नहीं चलने का है किसी का। इस बदले हुए जमाने में तुम्हें भी कपटी होना होगा, बेईमानी करनी होगी, निर्दय बनना होगा।"

बोलना बन्द कर पिता ने बेटे के चेहरे पर निगाह जमाई। चेहरे पर कोई भाव नहीं पढ़कर उन्होंने स्पष्ट पूछा, "बोलो, तुम निर्दय बन सकोगे? किसी पर कोई दया-ममता नहीं?"

"निर्दय?" बेटे की मरियल आवाज निकली।

"हाँ-हाँ, निर्दय," पिता ने ललकारा, "किसी पर कैसी भी मुसीबत आए, तुम मदद से मुकर जाओ। अगर कोई तुम्हारे पैर पकड़कर गिड़गिड़ाए कि तुम्हारी मदद के बिना वह मर जाएगी, तो उसकी पीठ पर ऐसी लात जमाओ कि वह मर ही जाए। यह मानकर चलो कि मदद माँगनेवाला हर आदमी तुम्हें ठगने आया है। मीठा बोल लो, मगर पैसा एक मत दो। समझ रहे हो मेरी बात?"

"हाँ, पिताजी," बेटे ने जवाब दिया, "निर्दय बन जाऊँगा।"

"बेईमान भी बनना होगा, बन जाओगे न?"

"बेईमान!"

"बोलते हुए कराह क्यों रहे हो?" पिता ने डाँटा, "सारी दुनिया बेईमान हो गई है, तब क्या तुम ईमानदारी को अगरबत्ती दिखाओगे? अब ईमानदारी में नहीं, बेईमानी में बरकत है। तुम्हें भी बेईमान बनना होगा।"

"बन जाऊँगा, पिताजी," बेटे ने बाप की बात मान ली और कुछ रुककर पूछा, "बेईमानी किस तरह करूँगा?"

"अगर तुम्हें बेईमानी करने की चिन्ता बराबर सताने लगेगी, बेटे," बाप ने जवाब दिया, "तो तुम आप से आप जानते जाओगे कि कहाँ किस तरह बेईमानी की जा सकती है। एक उदाहरण देता हूँ। किसी के पास तुम्हारा मोटा बकाया है और वह थोड़ी-थोड़ी रकम जमा करता रहता है। तुम एक-आध बार की रकम गटक जाओ। जब वह तुम्हारे साथ हिसाब करे और इस रकम की भी याद दिलाए, तो तुम उसे सुनाओ, 'देखो, भाई, तुम खुद देख लो मेरा खाता। यह धरम का खाता है, ईमान का खाता है। जो भी जमा किया जाता है, तुरन्त इसमें टाँक दिया जाता है। यह खाता जो बोलेगा, उसे सही मानूँगा मैं।' बोलो, यह तुमसे होगा?"

"हाँ, होगा।" बेटे ने साहस जुटाकर जवाब दिया।

बेटे के उत्साहवर्धन के लिए बाप ने आगे जोड़ा, "देखो, पुरुषोत्तम, शुरू-शुरू में तुम्हें थोड़ा संकोच होगा, थोड़ा कष्ट होगा, मगर यह थोड़े दिनों की बात होगी। जल्दी ही तुम मँज जाओगे, फिर कुछ करने-कहने के पहले तुम्हें कुछ सोचना नहीं पड़ेगा।"

"जब इतने लोग बेईमान हो रहे हैं, पिताजी," बेटे ने दृढ़तापूर्वक कहा, "तब मैं क्यों नहीं हो सकूँगा! आप देखिएगा, मैं कल से ही बेईमान हो जाऊँगा।"

बाप खुश हो गया और फिर एक लम्बा प्रवचन दिया, "अब जो मैं कह रहा हूँ, उसे और भी ध्यान से सुनो। मैं तुम्हें नए जमाने की सीख इसलिए दे रहा हूँ, पुरुषोत्तम, कि तुम खूब धन बढ़ाओ और खूब धनवान हो जाओ। इस जमाने में धन अलादीन का चिराग है, जादू की छड़ी है, भाग्य की गठरी है। तुम झूठ बोलो, फरेब करो, तो तुम्हारा कुछ बनेगा, कुछ बिगड़ेगा नहीं। तुम ईश्वर से जरा भी मत डरना, पाप-पुण्य की जरा भी चिन्ता मत करना। नए जमाने के लोगों ने पता लगा लिया है कि कहीं कोई ईश्वर नहीं है, कुछ

भी पाप-पुण्य नहीं है। एक कहावत है, बेटा, कि जब टका बोलता है, तो सच मौन रहता है। अगर कोई ईश्वर है भी, तो वह तुम्हारे टका को देखकर मौन ही रह जाएगा, अगर पाप होता भी है, तो वह तुम्हारे टका को देखकर खिसक जाएगा; अगर कहीं कोई नरक है, तो वह तुम्हारे टका को देखते ही लापता हो जाएगा।

"बढ़ती का पहरा हो, इसके लिए तुम्हें अपने घर की पहरेदारी करनी पड़ेगी। तुम्हारे भाग्य की गठरी लूटनेवाले बहुत लुटेरे हैं यहाँ। कुछ पराए हैं, कुछ अपने, कुछ बहुत ही अपने। उनसे सावधान हो जाओ। आदमी को आदमी मानकर मत चलो, कीड़ा-मकोड़ा मानो, चाहे वह कोई भी हो, तुम्हारा भाई हो या तुम्हारा बाप। धन के लिए बेटे का दुश्मन एक माँ नहीं होती, भाई तो होता ही है, बाप भी होता है। भाई तो भाई की हत्या तक कर रहा है। यह सौभाग्य है तुम्हारा कि तुम्हें कोई भाई नहीं है। मैं बाप हूँ, मगर खुलकर बोल रहा हूँ, क्योंकि अब मैं थोड़े दिनों का मेहमान हूँ और अपनी बाकी जिन्दगी साधु बनकर भी गुजार सकता हूँ। जरूरी था मेरे लिए कि अपने अन्तिम दिनों में इस जमाने का सच बता दूँ तुम्हें।

"अब कोई बाप अपने बाल-बच्चों को दान-धर्म की शिक्षा नहीं देता, गीता-रामायण पढ़ने को नहीं कहता। अब ढाई आखर प्रेम का नहीं, दो आखर धन का पढ़कर आदमी पंडित होता है। मुझे एक महाज्ञानी वैताल का कवित्त याद आ रहा है। इसे तुम कण्ठस्थ कर लो और प्रतिदिन सुबह-शाम इसका पाठ करो। सुनो कवित्त—

टका करे कुलहूल, टका मिरदंग बजावे।
टका चढ़ै सुखपाल, टका सिर छत्र धरावे।
टका माय अरु बाप, टका भैयन को भैया।
टका सास और ससुर, टका सिर लाड़ लड़ैया।
सुन लिया न, टका ही बाप, असली बाप टका!"

प्रवचन समाप्त कर उसी समय बाप ने बेटे को तिजोरी की चाबी सौंप दी और अपनी पत्नी के पास जाकर उसे सुना दिया, "आज से घर का मालिक पुरुषोत्तम हो गया। आज से घर में उसका शासन चलेगा।"

बेटे ने गद्दी सँभाल ली, पिता की नेक सलाह पर हिसाबचोर बनना स्वीकार कर लिया, और महाज्ञानी का कवित्त कंठस्थ कर लिया, तो बाप का दिल खिल गया। मगर किस्मत खोटी थी राजारामजी की। बेटा पूरा पोंगा निकला। जल्दी ही उनका दिल कुम्हला गया और फिर तो दिल में फफोले पड़ने लगे।

एक दिन जब वे बहुत उदास थे और घर के कोने में चौकी पर खोए-खोए से गुमसुम बैठे थे, तो पत्नी ने उनकी ओर खुफिया निगाहों से देखा और फिर पास जाकर पूछ बैठी, "क्या बात है?"

राजारामजी ने एक बार नजर उठाकर पत्नी की ओर देखा और फिर नजर झुका ली। पत्नी को किसी भारी विपत्ति का खटका हुआ। वह पति के सामने बैठ गई और बोली, "जब से आपने पुरुषोत्तम को घर का मालिक बनाया है, आपको खुश नहीं देख रही हूँ। आज तो आप बेहद उदास हैं। क्या बात है, मुझे बताइए?"

पति ने पत्नी से नजर मिलाई और फिर भीगी आवाज में कहने लगे, "मैं जिन्दगी भर कमाता-खाता रहा, मगर धन जोड़ नहीं पाया। हमारा जमाना कुछ और था; पैसे को हाथ का मैल कहा जाता था। अब वह जमाना नहीं रहा; अब पैसा ही सब कुछ है। मैं नहीं चाहता कि तुम्हारा बेटा मेरी तरह कमाता-खाता रह जाए। मैंने उसे बहुत-कुछ समझाया, सुनाया, मगर मेरी बातें, लगता है, उसे बेकार की बकबक लगीं। मुझे अब अन्धेरा ही अन्धेरा नजर आ रहा है। लोग अर्धपिशाच बन रहे हैं और तुम्हारे बेटे को दयावीर-दानवीर बनने की सूझी है।"

"हुआ क्या?" पत्नी ने चिन्तित स्वर में पूछा।

पति ने सुनाया, "जगतलाल का बेटा बीमार था। गाँव के डॉक्टर-वैद्य ने जवाब दे दिया और मरीज को पूर्णिया ले जाने की सलाह दी। उस गरीब के घर में पैसे नहीं थे कि मरीज को इलाज के लिए पूर्णिया ले जाए। उसने पूरा गाँव छान मारा, पैसे का जुगाड़ नहीं हुआ। मैंने भी उसे जवाब दे दिया था कि मैं घर का मालिक नहीं हूँ। उसने गाय बेचनी चाही, खरीदारों की कमी नहीं थी, पर हर किसी ने गाय की कीमत आधी से भी कम लगाई। पुरुषोत्तम दयावीर-दानवीर निकला। उसने इलाज के पैसे दिए; सलाह दी कि गाय मत बेचिए, जगत चाचा; और मीठी बोली में यह भी सुना दिया कि कर्ज पर कोई सूद नहीं लगेगा और जगत चाचा अपनी सुविधा से पैसे चुकाएँ। यह काम चुपके-चुपके हुआ, मगर बात क्या छिपी रहती है। मुझे सब मालूम हो गया।"

"पुरुषोत्तम से गलती हुई; आपसे पूछना चाहिए था।"

"नहीं, पूछेगा क्यों?" राजारामजी बिगड़ गए, "अब वह घर का मालिक हुआ, स्वयं निर्णय ले।"

"आप क्या करते?" संकुचित स्वर में पत्नी ने पूछा।

"मैं?" कुछ अकबकाए राजारामजी, "मेरी बात मत करो। मैं तो पुराने जमाने का आदमी हूँ, दिल का कमजोर हूँ। पैसे के अभाव में जगतलाल का बेटा मर जाए, मैं तो ऐसा होने नहीं देता। जिस गाय के कारण मरीज को दूध मयस्सर हो रहा है, उस गाय को कैसे बिकवा देता मैं? और, कैसे कहता कि इतने दिनों के अन्दर पैसा वापस नहीं कर देते, तो देह की खाल उतारकर दे देना? मेरी बात छोड़ो। मैं जिस जमाने का आदमी हूँ उसमें पैसा हाथ का मैल था। अब तो वह जमाना नहीं है। पुरुषोत्तम तो उस जमाने का आदमी नहीं है, उस जमाने में नहीं रह रहा है।"

"मुझे लगता है," पत्नी ने वातावरण को हल्का करना चाहा, "पुरुषोत्तम से कोई बड़ी गलती नहीं हुई है।"

पति ने पत्नी को तेज निगाहों से घूरा और फिर बोला, "ठीक है, गलती नहीं हुई; कोई बच्चा मर रहा था, तो उसे दया आ गई। मगर जहाँ कोई मर नहीं रहा था, वहाँ उसे अपना भला क्यों नहीं सूझा?"

"और क्या हुआ है?" इस बार पत्नी ने चिन्तित स्वर में नहीं पूछा था।

अपने स्वर में उदासी उतारते हुए पति ने कहा, "अरार का एक बनिया हमारी दुकान से बराबर माल ले जाया करता है। उसी का किस्सा है। एक दिन उसने काफी माल-असबार खरीदा और उसे अपनी बैलगाड़ी पर लदवाकर चला गया। भूल से दस किलो सुपारी की गठरी उसकी हमारी ही दुकान में छूट गई। कुछ दिनों के बाद जब वह माल खरीदने आया, तो गठरी के बारे में कुछ पूछने की उसकी हिम्मत नहीं हुई। उसने मान लिया था कि गाड़ीवान की गलती से गठरी कहीं रास्ते में बैलगाड़ी से गिर गई थी। मगर, तुम्हारा बेटा! गोबर का चौथ! एक गठरी तक पचाते नहीं बना उससे। वाहवाही लूटने में ही अपना भला नजर आया उसे!"

पत्नी के माथे पर बल पड़ गए; उसने कुछ अचरज से पूछा, "आप रहते तो गठरी पचा जाते?"

राजारामजी कई क्षणों तक मौन रह गए और फिर बोले, "सच्ची बात है कि मैंने इस पर बहुत सोचा कि मैं क्या करता। हाँ-ना में उलझता चला गया। कुछ बेचैनी हुई, अचानक ध्यान आया कि मैं तो अब दुकान का मालिक नहीं, फिर मैं क्यों सोचूँ? अब सोचे पुरुषोत्तम। मगर उसे भी भला क्या सोचना था! जो सीख मैंने दी थी, उसे याद रखता और गठरी पचा जाता।"

पत्नी को प्रश्नाकुल निगाहों से अपनी ओर घूरते देख पति ने युगधर्म से उसे अवगत कराया, "पद्ममुखी श्री पद्मवासिनी की स्तुति से अब लक्ष्मी किसी के घर वास नहीं करती, अब लक्ष्मी को चोरी से, झकझोरी से, बरजोरी से अपने घर में बन्द करना होता है। तुम्हारा बेटा

तो आई हुई लक्ष्मी को दुरदुराता है। अब जो लूटेगा नहीं, लुट जाएगा। अपना धन बढ़ाना है, तो दूसरों के धन पर दाँत लगाओ। मैंने तुम्हारे बेटे को समझा दिया है, मगर मेरी बात एक कान से घुसकर दूसरे कान से निकल गई है। धन की इसे कोई चाह ही नहीं; धन के प्रति कोई लालसा-लिप्सा ही नहीं। यह बड़ा अशुभ संकेत है, जान लो; घर में दलिद्दर घुस आएगा।"

कुछ अनबूझ निगाहों से पति को निहारते हुए पत्नी ने कहा, "धन के प्रति लालसा तो है पुरुषोत्तम में। दुकानदारी में मन लगा रहा है, खूब मेहनत कर रहा है। यह सब धन बढ़ाने के लिए ही तो कर रहा है। धन का मोह तो है उसके मन में।"

"नहीं है, नहीं है, नहीं है," पति ने बिफर कर कहा।

"यह आप," पत्नी ने शांत-संयत स्वर में पूछा, "कैसे कह रहे हैं?"

राजारामजी थोड़ी देर पत्नी के मुँह की ओर देखते रहे और फिर जवाब देने के पहले सवाल किया, "पुरुषोत्तम ने कभी तुम्हें बताया था कि मैं आधी दौलत बेचने जा रहा हूँ?"

"नहीं तो," पत्नी झटपट बोली, "ऐसा कुछ तो उसने कभी नहीं कहा था।"

"ऐसा मैंने कहा था उससे," पति अब जवाब देने लगे, "मैंने कहा था कि ये सारी दौलत मैंने तुम्हारे लिए नहीं कमाई है, आधी दौलत बेचकर मैं तीर्थाटन पर जाऊँगा। यह सुनकर उसके चेहरे पर जरा भी शिकन नहीं आई। वह तो खुश हो रहा था। बड़ी खुशी से उसने जवाब दिया था कि आप तीर्थाटन पर जरूर जाइए, पिताजी। जितना आप मेरे लिए छोड़ जाएँगे, वही बहुत है। यह है तुम्हारे बेटे का धन का मोह!" बोलकर राजारामजी ऊपर छत की ओर देखने लगे।

पत्नी ने कुछ सोचकर कहा, "आपकी कमाई हुई दौलत थी आप बेच देना चाहते थे, तब वह क्या कहता भला!"

"कुछ नहीं कहता?" पति को पत्नी की बुद्धि पर भी तरस आ गया, "बहुत कुछ कहता, बहुत कुछ करता।"

"क्या कहता, क्या करता?"

"वह मुझे उल्टा-सीधा समझाता," अपनी आवाज को विकृत करते हुए बोलने लगे राजारामजी, "मेरी चिरौरी करता, मेरे नहीं मानने पर मुझे डराता-धमकाता, पंचायत बटोरता और पंचों को बताता कि मैं सठिया गया हूँ, मुझसे रार ठानता, तुम्हें मेरे विरुद्ध खड़ा करता। यह सब कुछ नहीं! आधी दौलत हाथ से निकल रही है और बेटा खुश है! जा रे मूर्ख!"

"उसने सोचा होगा," आवाज कुछ कमजोर हो गई पत्नी की, "कि आधी दौलत से भी उसका काम चल जाएगा।"

"पूरी दौलत लूट जाने की भी उसे चिन्ता नहीं है," राजारामजी काफी गरम हो उठे।

"मैं नहीं मानती।"

"मत मानो तुम," राजारामजी ने गहरी साँस ली, "आज आठवाँ दिन है और अभी-अभी तुम्हारे बेटे का जवाब आया है कि उसे पूरी दौलत लुट जाने की भी चिन्ता नहीं है। धन का कोई मोह नहीं है!"

"धन का मोह नहीं?"

"नहीं," चीख उठे राजारामजी, "नहीं," एक बार फिर चीखे।

पत्नी ने डरते हुए पूछा, "किस बात का आठवाँ दिन है?"

"आज से आठ दिन पहले मैंने इससे कहा था," पति ने सुनाया, "कि अब मुझे घर-परिवार से जरा भी मोह नहीं है और मैं अपना परलोक बनाऊँगा। आधी दौलत से मेरा काम नहीं चलेगा, मैं पूरी दौलत बेचूँगा। तीर्थाटन पर जाने से पहले मैं कुएँ खुदवाऊँगा, मन्दिर बनवाऊँगा। मैंने एक महाजन से

घर-जमीन की बात पक्की कर ली है। अब तुम अपना ठौर कहीं और ढूँढ़ लो। मैं सात दिनों की मोहलत दे रहा हूँ। आठवें दिन तुम यह घर खाली कर देना।"

"ऐसा कहा था आपने?"

"हाँ, कहा था।" जोर देकर जवाब दिया पति ने।

"क्या जवाब दिया है पुरुषोत्तम ने?"

"अभी वह सुनाकर गया है," तप्त स्वर में बोलने लगे राजारामजी, "कि कटिहार की एक किराना दुकान में अपनी नौकरी की बात तय करके आ गया है वह। बड़े उत्साह के साथ बोला कि कुछ दिनों में पेट काटकर भी पूँजी बना लेगा वह और फिर कहीं अपनी दुकान खोलकर बैठ जाएगा। जले पर नमक छिड़ते हुए उसने यह भी कहा कि वह तुम्हें भी अपने साथ ले जाएगा और मैं तुम्हारी ओर से बिलकुल निश्चिंत रहूँ।"

"बड़ा लायक है बेटा पुरुषोत्तम।"

"लायक है या नालायक?" राजारामजी गरज उठे, "जिस बेटे को धन का मोह नहीं, जरा भी परवाह नहीं कि कोई उसकी दौलत लूटकर ले जा रहा है, वह बेटा लायक हुआ?"

"कोई और तो नहीं है," पत्नी धीरे से बुदबुदाई, "बाप ही तो है, धन कमानेवाला, अपनी मरजी से धन का भोग करनेवाला।"

"बाप है तो क्या हुआ?" राजारामजी चमककर बोले, "मैंने उस नालायक को खोलकर सुनाया था कि धन के लिए बाप भी बेटे का दुश्मन हो जाता है; जो बाप बेटे का धन हड़प कर रहा है, वह बाप नहीं, दुश्मन है।"

"जब बाप ही दुश्मन हो जाए," पत्नी मिनमिनाकर बोली, "तो बेटा बिचारा क्या करे!"

"बहुत कुछ कर सकता है; सब कुछ करे," राजारामजी चौकी से उठकर टहलने लगे, "जिस बेटे में धन के लिए मोह होगा, वह बाप को

जहर दे सकता है, बाप का गला दबा सकता है, बाप के सीने में छुरा भोंक सकता है।"

"यह क्या कह रहे हैं आप?" पत्नी विचलित हो उठी, "बेटा बाप के सीने में छुरा भोंक दे!"

"ठीक कह रहा हूँ," पत्नी के सामने खड़े होकर बोलने लगे राजारामजी, "छुरा भोंक दे, धन के लिए, धन के लिए। क्या हो जाता? मर ही तो जाता मैं! आत्मा को शान्ति तो मिलती कि बेटा लायक हो गया।"

मैं नहिं माखन खायो

जब बबलू—मेरा बेटा—मेला जाने के लिए मुझसे आरजू-मिन्नत करने लगा तो मुझे बचपन की उन झणों की याद आ गई जब मेरे पिता मुझसे खूब खुशामदें करवाया करते थे। पिता का दिल खुली किताब तो नहीं कि ककहरा सीखते ही बेटा उसे पढ़ने के काबिल भी हो जाए। न तब मैं पढ़ता था और न आज बबलू, मेरा बेटा।

जब कभी मैं घूम-घामकर रात में वापस लौटता, बबलू को अक्सर ही सोया हुआ पाता। रात का खाना तैयार होते-होते ही उसे जोरों की भूख लग जाती और किताब का पन्ना पढ़ते-पढ़ते उसे जोरों की नींद सताने लगती। मैं अगर घर में उपस्थित रहता तो वह मन मारकर सामने रखी हुई किताब के पन्ने उलट-पलट करता रहता। मैं प्रायः अनुपस्थित रहता, और मेरी अनुपस्थिति में वह बुरी तरह ऊँघ-ऊँघकर माँ को परेशानी में डाल देता। कुछ दोष उसकी माँ का भी था। वह बेटे की तीव्र भूख खुद भी बरदाश्त नहीं कर पाती और उसे इस कदर ऊँघते और भटाभट किताब पर नाक पटकते देख उसे खाना खिलाकर सोने की अनुमति दे देती। माँ के बहलाने-फुसलाने-पुचकारने का उस पर जरा भी असर नहीं पड़ता और उसकी धमकियों के जवाब में वह किसी फिल्म के खलनायक का कोई अच्छा-सा संवाद सुना देता। माँ के लाख विश्वास दिलाने पर भी वह उसके हाथ के चैले, बेलन, करछुल या मूसल तक को अस्त्र-शस्त्र मान लेने से

साफ इन्कार कर देता, जरा भी नहीं घबराता और बड़ी अकड़ से अपनी जगह ज्यों का त्यों बैठा रहकर अपने तर्कों-जवाबों से उसका सफलतापूर्वक सामना कर लेता।

और जब मैं वापस घर पहुँचता तो पाता कि वह सोया हुआ है, काफी गहरी नींद में। कभी-कभी वह जगा भी होता पर आँखें बन्द कर इस कदर मुरदा की तरह पड़ जाता कि किसी को भी उसके गहरे नींद में होने का विश्वास हो जाए। मैं उसे उठाने की काफी चेष्टा करता, पर उसके अभिनय के आगे बिलकुल परास्त हो जाता। और तब मैं पत्नी पर टूट पड़ता, "क्यों इस लड़के को खाना दिया गया? क्यों इसे सोने दिया गया?" पत्नी रटा-रटाया जुमला बोलती, "जिस लड़के को बाप का डर नहीं, वह इसी तरह करता है। आप जगाकर पढ़ाइए उसे।" मैं तुरन्त मन में पुख्ता निर्णय लेता, अब कुछ दिनों के लिए शाम में बाहर निकलना बन्द कर दूँगा।

उस रात तो मैंने कुछ अधिक ही देर कर दी थी, पर उस वक्त भी बबलू को पढ़ाई में मशगूल देखकर काफी हैरत हुई थी। काफी खुशी भी हुई थी मन में। साथ ही इस बात का भी खयाल आया था कि धीरे-धीरे बच्चे खुद राह पकड़ लेते हैं। ऐसे कितने ही किस्से हैं कि जो बचपन में काफी शरारती और शैतान थे, बड़े होकर वह काफी सज्जन और सुशील बन गए। बबलू की बहुत सारी शैतानियाँ मैं इसी भरोसे बरदाश्त कर लेता हूँ जब यह बड़ा होकर सुशील और सज्जन हो जाएगा तो इसे एक-एक कर इसकी सारी शैतानियाँ बताऊँगा।

बड़े होकर बचपन की अपनी शैतानियाँ सुनने में सचमुच बड़ा ही आनन्द आता है।

जब मैं कमरे में दाखिल होकर अपने कपड़े बदल रहा था तो बबलू अपनी पढ़ाई छोड़कर मेरे सामने आ खड़ा हुआ और बड़े ही याचना-भरे स्वर में बोला, "पापा, मैं भी मेला जाऊँगा।"

"कौन-सा मेला?" मैंने अनजान बनकर पूछा। वरुणेश्वर मेला लग चुका था, वह उसी की बात कर रहा था। मुझे बचपन की उन क्षणों की याद आ गई थी, जब पिता खूब खुशामदें करवाया करते थे।

वरुणेश्वर में हर साल न जाने कितने बरसों से मेला लगा करता है। पूरा एक महीना चलता है। शिव का एक मन्दिर है। अच्छा माहात्म्य है इसका। पुराने लोग कहते हैं, वरुणेश्वर का शिवलिंग आपरूपी है, महादेव स्वयं प्रकट हुए थे, किसी ने स्थापना नहीं की है।

जैसे स्वयंभू प्रकट हुए वैसे ही उनके आदेश पर सौ कोस पैदल चलकर एक पुजारी भी आ उपस्थित हुआ, और वैसे ही एक धनशाली भक्त उपस्थित होकर एक छोटा-सा मन्दिर बनवाने लगा।

स्वयंभू का हार्दिक स्वागत किया इलाकेवालों ने। भगवान शिव उनकी खोज-खबर लेने स्वयं आ पहुँचे हैं। सारे इलाके में जोश और खुशी की लहर फैल गई। पूरे इलाके में उस बार ढिंढोरची घूम गया। गली-गली में डुगडुगी बजाई गई। अगले फागुन मास में वहाँ मेला लगेगा, जोर-शोर से इसका प्रचार किया गया।

तब से हर बरस फागुन में वहाँ मेला लगा करता है जो पूरे तीस दिनों तक चलता है। इलाके का वह एकमात्र आकर्षण होता है।

"किसके साथ जाओगे?" मैंने बबलू से पूछा था।

जब मैं बच्चा था तो पिता की खुशामदें मैं करता था और मेला घर के सारे लोग बैलगाड़ी पर लदकर जाते थे।

उन दिनों गाँव की औरतों को लादकर हर रोज दो-चार बैलगाड़ियाँ जाती ही रहतीं। गाँव का कोई बच्चा किसी की बैलगाड़ी पर बैठ मेला चला जाता। बूढ़े, जवान, बच्चे—एक बार बाबा भोले को जल चढ़ा आना तो अति आवश्यक था सबके लिए। फागुन में गरीबों के टेंट में भी कुछ पैसे होते। औरतें अपनी पोटली इसी दिन निकालतीं। बच्चे अपनी गुल्लक तोड़ते।

नवविवाहित लौंडे, जिनका गौना अभी तक नहीं हुआ था, अपनी पत्नियों को लुक-छिपकर देखने मेला पहुँच जाते। देहाती युवक अपनी पत्नियों को सिनेमा दिखा कर अपना सालों पुराना वादा पूरा कर देते। गाँव की छोकरियों को पान खिलाकर और बीड़ी पिलाकर गाँव के मनचले छोकरे—प्रणय निवेदन की पहली सीढ़ी पार कर जाते। गाँव की उँगलियाँ मेले में नहीं उठतीं। बूढ़े-बुजुर्ग भी मेले में अपनी नजरें झुकाकर चला करते। हमारे गाँव के बुद्धन पानवाले ने हमारे ही गाँव की सुन्दरी वेश्या के साथ इसी मेला में अपना जोड़ा फोटो खिंचवाया था। ऐसा नहीं था कि मेले में सिर्फ एक शिवलिंग ही था। दो-दो नौटंकी कम्पनियाँ आती थीं। एक सरकस जरूर होता था। औरतें बाघ देखने जाती थीं। एक आसमानी झूला आता था। बूढ़े अपने पोतों को लेकर उसमें बैठते थे। बीड़ी कम्पनियों की ओर से मुफ्त नाच का आयोजन होता था, जहाँ छोकरे अड्डा मारकर बैठे रहते और नई फिल्मों के गाने के बोल सीखते। ढेर सारे आकर्षण थे। पाँच-सात तो जादूगर आते थे—नागकन्या, ताश का जादू, खतरनाक सैर, दैत्यमहल। कानपुर-बनारस की बड़ी-बड़ी मनमोहक दुकानें सजती थीं।

वह तुरन्त अपने को बदकिस्मत मान लेता जो किसी कारण, किसी भी कारण, मेला जाने से चूक जाता। इन दिनों गाँव से पूरब अगर कोई सौ-दो सौ गज निकल जाता तो हम तत्काल समझ जाते कि उसकी यात्रा किधर है।

"क्या माँगोगे भगवान से?" मैंने बबलू से हँसते हुए पूछा था।

बबलू ने जरूर उस रात सपने देखे होंगे रात भर। ऐसा हुआ करता है उसके साथ।

तड़के ही वह उठ गया था, मुझसे भी पहले। पाखाना से आकर उसने दातुन भी कर लिया था; और फिर मुझे काफी हैरत हुई जब उसे स्नान की तैयारी करते देखा।

मेरी तरह उसे भी पानी से डर लगता है। ठंडा पानी और छड़ी उसे बराबर डराते हैं। अपनी प्यारी पंक्ति मैंने उसे कई बार दुहराते सुना है, 'जो इस ठंड में नहा सकता है वह खून भी कर सकता है।' जाड़े के दिनों में मैं अक्सर अपनी पत्नी को यह सुना दिया करता हूँ। बबलू आगे कह बैठता है, 'विश्वास न हो तो पिताजी से पूछ लो, मम्मी!'

उसका स्नान-पर्व भी काफी लम्बा हुआ करता। पहले तो उसे किसी तरह ढूँढ़कर निकाला जाता। फिर नल पर पहुँचाकर उसकी कमीज-गंजी उतारी जाती। बाल्टी, साबुन, तेल, तौलिया, लोटा पहुँचाए जाते। फिर देह पर पानी उड़ेलने के लिए उसे हिम्मत बढ़ाई जाती, पुचकारा जाता। माँ तुरन्त तो कसाई नहीं बन सकती! फिर जबरन दो-एक लोटा पानी उसके बदन पर पानी का भय भगाने के लिए डाल दिया जाता। और कहीं तब वह स्नान के लिए तैयार हो पाता। फिर तो वह जोर-जोर से 'सीताराम-राधेश्याम' चिल्ला-चिल्लाकर पूरे उछल-कूद के साथ स्नान करना शुरू कर देता। पड़ोस में एक बुड्ढा था सीताराम। बबलू के इस कदर चिल्लाने पर मुझे बेवजह भय हो जाया करता था।

दो-चार चपतों में स्नान करवा लेना मुझे काफी सस्ता मालूम पड़ता था। बबलू मुझसे कहा करता, 'पापा, मैं ठंड से नहीं डरा करता, पर मुझे पोखर में नहाने में मजा आता है।' मेरे घर में तो पोखर था नहीं, पर चपतें तो मैं लगातार दो-चार सौ लगा सकता था।

घर से निकलने के पूर्व बबलू ने माँ से पैसे ऐंठने की कोशिश की, किन्तु उसकी माँग बिलकुल जायज समझकर उसकी माँ ने उसे मेरी ओर ठेल दिया। मुझे भी नसीहत बाँचने का एक अच्छा मौका मिला, मैं खुश था। मैंने उससे कहना शुरू कर दिया, "इसी दिन के लिए तुम्हें रोज-रोज समझाता रहता था कि पैसे जमा किया करो, समय पर काम आएँगे। अभी पैसे रहते तो इस तरह निहोरा तो नहीं करना पड़ता। मेले में और बच्चे जलेबी-रसगुल्ले खाएँगे और तुम टुकुर-टुकुर उनके मुँह निहारना।"

मैंने अपने बेटे को एक बार नहीं, बीसों बार गुल्लक में पैसे जमा करने की शिक्षा दी है, ढेर-सी कहानियाँ सुनाकर उसे इस दिशा में प्रेरित किया है। पर वह एक ही शैतान है। खुद उसके आग्रह पर मैंने उसे मिट्टी की गुल्लकें कितनी ही दफे खरीद कर दी हैं। उसे दो-चार रोज भी दम नहीं मारा जाता। सौ-पचास पैसे भी उसे काटने दौड़ते हैं। बहुत मन मारकर वह दो-एक दिन गुल्लक की छेद में पैसे डालता है, पर तीसरे-चौथे दिन ही उसकी पेंदी में छेद कर डालता है और सारे पैसे झाड़कर बाजार में उसे चाट जाता।

मुझे ईर्ष्या तो निवास मारवाड़ी से होती है। एक भले दादा का फर्ज वह भली-भाँति निभाते हैं। हर सुबह नियमित रूप से अपने पाँचों पोतों को पैसे बाँटा करते हैं। पर एक हाथ से पैसे बढ़ाते हैं और दूसरे हाथ से उन बच्चों के आगे उनके नाम की गुल्लकें भी बढ़ा देते हैं और हर बच्चा हँसी-खुशी अपनी गुल्लक में पैसे डाल दिया करता है। हर दो-तीन महीने पर गुल्लक में जमा राशि निकालकर बच्चे के नाम पर खाते में जमा कर दी जाती है। और फिर खाली गुल्लकों को फिर से भरने में बच्चे मन-प्राण से भिड़ जाते हैं।

मैं भी तो अपने मूढ़मति लाड़ले को खूब-खूब समझाता हूँ, निवास मारवाड़ी और उसके पोतों के किस्से सुनाता हूँ, पहुँचे हुए महात्माओं के उपदेश बाँचता हूँ, दुनियादारी सिखाता हूँ और जीने की कलाओं से परिचित कराता हूँ, जरूरत समझता हूँ तो उसे थप्पड़ भी मारता हूँ, उस पर लात चलाता हूँ; पर सब बेकार, मेरी किसी बात का कोई असर लेता ही नहीं वह। जरूर निवास मारवाड़ी किसी मारवाड़ी गुरु का दिया हुआ अभिमंत्रित फूल अपने पोतों को सुँघाता होगा।

दिल को हल्का-सा संतोष तब मुझे जरूर मिलता है जब टोले-मोहल्ले में इस बात को लेकर निवास मारवाड़ी की खिल्लियाँ उड़ाई जाती हैं, उस पर लानतें भेजी जाती हैं। पर तब भी मैं उसे और उसके पोतों को भविष्य के कन्धों पर चढ़ा हुआ महसूस करता हूँ।

नसीहत देने के बाद भी इच्छा हुई कि बबलू के कान पकड़कर उसे सीधे निवास मारवाड़ी के घर ले जाऊँ, उसके पोतों के दर्शन कराऊँ, और बस इतना कहूँ कि 'देख, ये भी बच्चे हैं, इसी गाँव के हैं, यहीं पैदा हुए थे। इनके आगे से भी तो हवा मिठाईवाला गुजरता है, आइसक्रीमवाला चीखते हुए निकल जाता है? भालूवाला डमरू बजा-बजाकर थक जाता है, बायस्कोपवाला गालियाँ बुदबुदाकर चला जाता है। जगदेवसाह हलवाई को इनकी सूरत तक देखने को नहीं मिलती। पूरा न सही, आधा-पौवा बनकर भी दिखाओ। ये भी बच्चे ही हैं, मेरे बेटे, इसी गाँव के, यहीं पैदा हुए थे।

पर बच्चा तो मैं भी था कभी। मेरे पिता भी अच्छे उपदेशक थे। उनके एक थप्पड़ से आँख के आगे की धरती डोलने लगती थी, उस पर वह घूँसा भी चलाते थे। इसके बावजूद मैं ही कहाँ ठीक रहता था। मेरी माँ बताती है, मैं बबलू से अधिक बदमाश और शैतान था। बदमाश ही नहीं केवल, माँ मुझे बबलू से अधिक चोर भी बताती है। कुछ-कुछ मुझे भी याद है—माँ के बटुए उड़ाना, पिता की जेबें टटोलना, हाट के दिन खुदरा सामान बेचकर पैसे अपनी जेब में डाल लेना। पर तब और अब में बहुत फर्क है। पिता ढेर सारे पैसों के मालिक थे। माँ पैसे गिनना नहीं जानती थी। मेरे पास तो गिने-गिनाए पैसे आते हैं। पत्नी का पतला बटुआ और अधिक पतला होते ही चीखने-चिचियाने लगता है। घर में ले-देकर बस एक चोर, बबलू। यों तो जिस उम्र का मेरा छोटा बेटा है, उसी उम्र से बबलू ने पैसे चुराने शुरू कर दिए थे, पर छोटा बेटा काफी बुजदिल और कमजोर है। बटुआ पर हाथ लगाते ही उसके हाथ काँपने लगते हैं, और चुराए पैसे बार-बार हाथ से जमीन पर गिर जाते हैं। जब तक भविष्य गुलाबी नहीं दिख जाता, चुराए पैसे भी वह खर्च नहीं करता। एक डाँट में सच-सच उगल देना और चुराए पैसे वापस कर देना उसकी प्रिय कमजोरी है। पर बबलू! वह तो घाघ है। काफी धूर्त। हाथ में छड़ी लेते ही कह उठता है, "रुकिए, बताता हूँ, बताता हूँ, पिताजी!"

पर अन्त तक बताता कुछ भी नहीं है। बताता है, उसने तो दो दिन पहले से ही चोरी न करने की कसम खा ली है, माँ कसम। सही बात वह बताता है दो-तीन दिनों के बाद जब मुझे काफी खुशदिल पाता है, "पिताजी, उस दिन तो मैंने आपको ठग लिया। मैं उन पैसों के रसगुल्ले खा गया था।"

मुझे ठीक-ठीक कभी पता नहीं चला कि मेरी छड़ियाँ उससे किस हद तक सही बातें उगलवाती रही हैं।

अक्सर गाँव-मेले का हर पोखर मारू होता है। डूबकर हुई दो-एक मौतों का इतिहास इससे जूड़ा ही रहता है। पोखर हमेशा मुझे दैत्य की शक्ल में नजर आता है जो मुँह बाये बच्चों और नौसिखुओं को निगलने के लिए तैयार खड़ा रहता है। और बबलू है ऐसा लड़का कि हर एक दंतुर दैत्य को जरा नजदीक से देखना पसन्द करता है और यह भी कि आखिर उसके बड़े पेट में है क्या, क्या-क्या है।

एक रोज बबलू मेरे आगे हाँकने लगा, "पापा, मैंने तैरना सीख लिया है। अब मैं तैर लेता हूँ थोड़ा-थोड़ा।" मैं चौंक गया था, "तैरना? कहाँ सीखते हो?" और उसके जवाब पर मैंने उसे जोरदार तमाचा लगा दिया था। तैराक बनने की फिराक में मैं खुद एक बार कोशी में डूबते-डूबते बचा हूँ।

मेरे गाँव के इस पोखर में भी अब तक कई मौतें हो चुकी हैं। एक लाश तो पूरे दो दिनों के बाद निकली थी। गाँववालों को भी उसमें पनडुब्बा होने का अब पक्का यकीन हो गया है। अब उसमें मछलियाँ पलती हैं और गाँव की भैंसें नहाती हैं। पर कुछ नासमझ, गैरशादीशुदा और आवारा लौंडे अभी भी वहाँ जा पहुँचते हैं। और उन शोहदों के साथ उन दिनों मेरा बबलू भी चला जाया करता था, तैराकी सीखने।

पूरा हफ्ता मैं चक्कर लगाता रहा था उस पोखर का। बबलू के गुरुजी से उसकी तगड़ी शिकायत की और उसकी पीठ पर मनमाना बेंत तोड़ देने की अनुमति भी दे डाली, उन शोहदों को खबरदार किया कि मेरे बेटे के

बदले कोई बेटा देनेवाला नहीं है; और हर फुरसत में बबलू को प्रवचन देता रहा। मैंने गाँव के उस मारू पोखर का इतिहास बताया, पनडुब्बे के बारे में उसकी जिज्ञासा शान्त की, उस पोखर में मरे बच्चों के माँ-बाप का दर्दनाक चित्रण किया, और फिर आग और पानी की मौतें कितनी कष्टदायक होती हैं, इन्हें अपने शब्दों में उतारा।

एक पोखर वरुणेश्वर में भी है। रात में सोने से पहले मुझे अचानक इस पोखर का बुरा खयाल आ गया। काफी गहरा है यह पोखर। स्नानार्थियों की भीड़ लगी रहती है इस पर और लोग इसी का जल बाबा को अर्पण करते हैं। कई सयाने भी इसमें डूबकर मर चुके हैं। भीड़ तब भी लगी रहती है। मेरा बबलू पोखर में नहाने का शौक पालता है, वह कई बार हमें बता चुका है।

एक बार मैं दार्जलिंग की यात्रा पर था। साथ में बबलू भी था। रेलगाड़ी में एक वृद्ध बंगाली सज्जन मेरे साथ बैठे हुए थे। बबलू की एक आदत है, चुप नहीं रहने की। बगल में बूढ़ी औरत भी हो तो वह उससे बतियाना शुरू कर देगा, उसके पोतों-नातियों की खबर पूछने लगेगा। आप उसकी बगल में चुप नहीं बैठ सकते हैं। वह लगातार कुछ-न-कुछ पूछता ही रहेगा। अपनी राय भी देता रहेगा और असम्भव स्थितियों के लिए भी कहता रहेगा, "मान लीजिए...मान लीजिए, अगर ऐसा हो जाता है...मान लीजिए न, मान लेने में क्या हर्ज है।" मैं तो उसे दुत्कार दिया करता। पर उस वृद्ध बंगाली सज्जन को बबलू की बातों में मजा आने लगा। बबलू उससे तुरन्त हिल-मिल गया और यात्रा के अन्त तक उससे गप्पें लड़ाता रहा। उनके पैसों से चनाचूर, झाल-मूढ़ी, मूँगफली खूब खाए उसने। न जाने क्या-क्या बातें हुईं उन दोनों के बीच। सिलीगुड़ी में जब मुझसे विदा लेने लगे तो उस वृद्ध ने कहा, "यह बच्चा अगर भगवान की दया से बच गया तो आपका नाम रौशन करेगा।"

उस वृद्ध का हार्दिक आशीर्वाद तब से ही मुझे परेशान करता रहा है। लगता है, सड़कों-गलियों में सैकड़ों-हजारों गाड़ियाँ दौड़ रही हैं अपने

चक्कों के बीच बबलू को फँसा लेने के लिए ही, नदी-नाले, पोखर-तालाब उस बच्चे के लिए जिद पड़ गई है, सैकड़ों ठग-लुटेरे उसे उड़ा ले भागने का षड्यन्त्र रच रहे हैं, हर पुल, हर मकान उसकी बली चाहता है। वृद्ध बंगाली सज्जन बार-बार मेरे सामने उपस्थित हो जाते हैं। और हर बार मैं जल्दी से बबलू को ढूँढ़कर सीने से लगा लेने की इच्छा करता हूँ।

जाने से पहले मैंने बबलू को डाँट-डाँटकर कहा सूरज डूबने से पहले-पहले घर वापस आ जाने के लिए। अगर उसे बिलकुल आजाद कर दिया जाय तो वह सूरज उगने से पहले बाहर निकल जाने की कोशिश करेगा और सूरज डूबने के काफी बाद घर वापस आने की। जब मैं गाँव में नहीं रहता हूँ तो वह प्राय: ऐसा ही करता है। स्वच्छन्द विचरण की एक अजीब चाह है उसमें। बाहर-खेलते कूदते बच्चों को भूख जबरदस्ती घर खींच लाती है। बबलू के साथ यह भी नहीं होता। जैसे वह मेरी छड़ी को पछाड़ चुका है वैसे ही अपनी भूख को भी। इस उम्र का बच्चा मेरे गाँव में घर-दुकान चलाता है। मैं इस लड़के की गैर-जिम्मेदारियों से परेशान रहता हूँ।

बबलू को बाजार से एक पत्ती (ब्लेड) खरीदकर लाने के लिए भेजकर मैं दाढ़ी पर साबुन घिसने लगा था। सुबह का समय था। उस रोज बबलू शाम को वापस आया। वह बन्दर का नाच देखने लगा था और मेरे दिए पचीस पैसे उसने खुश होकर मदारी को दे दिए थे। उस पर गुस्से में मैंने जूते चला दिए थे उस दिन। एक कोने में सिकुड़ने की कोशिश की उसने, तो मैंने उसे घसीटा और दस-बीस मुक्के जमाए उसकी पीठ पर। वह हथेलियों से चुपचाप अपना चेहरा बचाता रहा था।

और एक दिन मैंने उसे बाजार से गुड़ खरीद लाने के लिए भेजा। गुड़ वह खरीद चुका था, पर ऐन उसी वक्त एक जुलूस आ निकला नारा लगाता हुआ। बबलू उसमें शरीक हो गया और फिर न जाने कितने गाँव घूम-घामकर

रात उतरने पर घर वापस आया। वह कड़ी धूप में घूमता रहा था और गुड़ खा-खाकर पानी पीता रहा होगा।

घर में घूसते ही सीधे मेरे सामने आ खड़ा हुआ था, 'गलती हो गई, पिताजी, मैं जुलूस के साथ चला गया था।' मैं गुस्से से चुप था और सोच रहा था कि इस लौंडे के साथ क्या सलूक किया जाए। वह अपनी रोमांचक यात्रा का वर्णन काफी अदा से करता रहा। फिर जब उसने भूख हड़ताल में अगले दिन बैठने की मुझसे अनुमति माँगी तो मैं चौंका। मैं हँसा और उस पर छड़ी आजमाने का खयाल मुल्तवी कर दिया। मैंने धीरे से उसकी पीठ ठोंकते हुए कहा, "यह सब अभी नहीं, बेटे। अभी पढ़ो-लिखो।"

जाते-जाते भी मैंने उसे एक बार फिर डपटकर कहा, "गाँव के ढेर सारे लोग आते रहते हैं। तुम किन्हीं के साथ शाम से पहले आ जाना।" बबलू इसे मेरी विनती मान रहा होगा।

बबलू खोनेवाला लड़का है नहीं, पर उसे शाम तक आने की हिदायत न करूँ तो वह रात तक भी वापस नहीं आएगा। मेले में खो जाने की मुझे रत्ती भर आशंका नहीं थी। वह तो वहाँ से लड़कों के एक दल को घुमाकर ला सकता था। वह काफी भ्रमण कर चुका है—सिर्फ मेरे साथ ही नहीं, अकेले भी। महीनों स्कूल जाने के बहाने बस पर चढ़कर जिस-तिस गाँव जाता रहा है और मैं जान तक नहीं पाता था।

मैं जान पाया तब जब वह एक बार वापस ही नहीं लौटा। वह बस, जिसमें बबलू लौटता कहीं आगे खराब होकर अटक गई थी। बस दूसरे रोज भी नहीं आई। दूर देहात के एक गाँव में उसने अजनबी लोगों के बीच दो दिन दो रातें गुजारीं। अभी भी वह कभी-कभी एक बुढ़िया का जिक्र कर बैठता है जिसने दो दिनों तक उसे खाना खिलाया, रातों में अपने पास सुलाया और आते वक्त अपने पोतों से छिपाकर उसे अपनी गूदड़ी से निकालकर पचास पैसे दिए। एक बार तो उसने मेरे सामने एक अजीब प्रस्ताव भी रख

दिया था, "पापा, मन करता है एक बार उस बुढ़िया को देख आऊँ। बहुत कमजोर थी, मर ही न गई हो।"

उस दिन वह पहली बार रात उतर जाने तक नहीं लौटा था। जब रात के आठ बज गए तो मैं उसकी अच्छी धुनाई कर देने के खयाल से एक मजबूत छड़ी लेकर दरवाजे पर तैनात हो गया। उसकी बिगड़ी आदतों को सुधारने के लिए कितनी छड़ियों की जरूरत है, मुझे आज तक इसी का अन्दाजा नहीं हो पाया है।

जब रात के दस बजे तक वह नजर नहीं आया तो मुझे छटपटाहट हुई और मेरा दिल जोरों से धड़कने लगा। मेरी आँखों में वृद्ध बंगाली सज्जन का अक्स उतर आया। रात के बारह बजे तक मैं उसे पूरे गाँव में ढूँढ़ता रहा। और फिर मैं थक गया; मेरी भूख और नींद दोनों चली गईं। पत्नी अनुपस्थित थी, मैके गई हुई थी छोटे बेटे के साथ। मैंने रात कुर्सी पर बैठे-बैठे गुजारी। हर आहट पर, खटके पर मेरी नींद टूट जाती। रात का एक बजा, दो बजे, तीन बजे...दरवाजा रात भर खुला रहा, कुत्ते अन्दर-बाहर आते-जाते रहे।

मैं काफी परेशान हुआ दूसरे दिन भी। साइकिल लेकर आस-पास के गाँवों में घूमता रहा। हर मुलाकाती से बबलू को ढूँढ़ निकालने की विनती करता। सारे सगे-सम्बन्धियों के पास तार भेज दिए। कई जगह तो आदमी भी दौड़ाए गए। सब व्यर्थ। बबलू उस दिन भी नहीं आया।

उस दिन जिन्दगी में पहली बार मैंने सच्चे दिल से ईश्वर से प्रार्थना की थी, 'हे ईश्वर, आज तुम्हारी शरण में मैं भी आ गया हूँ। मेरे बबलू को सुरक्षित पहुँचा दो मेरे पास।' मुझे उस बाबर का खयाल आ गया जो अपने हुमायूँ के लिए प्रार्थना कर रहा था।

दूसरी रात मेरे लिए बहुत बेचैनी की रात थी। भोर होते-होते मेरी आँखों में आँसुओं की बाढ़ आ गई। इतनी देर तक बबलू गायब नहीं रह सकता था। वह अवश्य किसी संकट में पड़ा होगा। उसे जरूर मेरी याद आती होगी,

अपनी माँ की याद आती होगी, अपने छोटे भाई की याद आती होगी। अब तक नहीं रुक सकता था वह...मेरा जहाज डूब गया।

मैंने जिन्दगी में ढेर सारे बुरे सपने देखे हैं और उनके टूटने पर राहत महसूस की है। यह भी एक बुरा सपना साबित हो जाए...पर यह टूट नहीं रहा था।

मैं स्वयं जिम्मेदार हूँ। मैंने उसे मार-मारकर घर से भगा दिया है। बबलू ने गुस्से में एक बार अपनी माँ से कहा था, "मम्मी, पिताजी मुझे पीटते वक्त यह भी खयाल नहीं करते कि मैं उस मार से मरूँगा या बचूँगा। अभी मैं बच्चा हूँ, जब बड़ा हो जाऊँगा और पिताजी बूढ़े हो जाएँगे तो इन सारी मारों का मजा चखा दूँगा उन्हें।" बदला लेने की कसमें खा लेता है वह, माँ कसम।

बबलू रोज ही न जाने कितनी कसमें तोड़ता। माँ से उसे चाहे कितना भी मोह क्यों न हो, 'माँ कसम' की कोई कीमत नहीं है इस लड़के के पास। मेरा छोटा बेटा बबलू से चार साल छोटा है। वह भी कसमें खाता है कभी-कभी, पर वह बबलू की तरह वचन-भंजक नहीं है, अपनी सारी कसमों को निभाता है, जैसे भी हो। जीभ पर लगाम लगाता है, किसी प्रलोभन के आगे घुटने नहीं टेकता। वही बबलू को उसकी कसमों की याद दिलाता है, उसे शपथभंजन से रोकने की कोशिशें करता है। उसकी देह से लटक जाता है, "बबलू भैया, तुमने माँ की कसम खाई है। माँ मर जाएगी बबलू भैया! फिर कौन हमें खाना देगा? किसे माँ कहोगे? बिना माँ के कैसे रहोगे, बबलू भैया?" माँ के मर जाने का डर उसके चेहरे पर उतर आता है। पर बबलू है कि उसे झकझोरकर गिरा देता है।

कौन पिता चाहेगा कि उसका बेटा उसके बूढ़ा और अशक्त हो जाने की ताक में रहे ताकि बचपन की मारपीट का पिता से भरपूर बदला ले ले? किन्तु उस दिन मेरी समस्त इच्छाओं में केवल एक इच्छा जवान हो गई थी कि बबलू अपनी हजार कसमों को तोड़ दे, पर कम से कम इस एक वैरशुद्धि पर दृढ़ रहे।

बबलू तीसरे दिन आया। एक भीड़ से घिरा था वह दरवाजे पर और अन्दर आने से डर रहा था। दो बच्चे दौड़कर मेरे पास आए और मैं दौड़ा हुआ दरवाजे पर गया। बबलू खड़ा था, सहमा-सहमा। मैं उसे गोद में उठाकर जैसे किसी की बुरी नजरों से बचाता हुआ अन्दर कमरे में आ गया। वह मेरी छाती से चिपक गया था। मैंने उससे पूछा, "खो गए थे, बेटा?" वह ध्यान से मेरी भीगी पलकों की ओर देख रहा था।

उसे कितनी चोट लगी, उसने कितने आँसू बहाए, भूख से छटपटाया तो नहीं था वह, उसका कौन-सा अंग दुख रहा है, किसके चंगुल में फँस गया था, कैसे मुक्त हुआ—सब कुछ जल्दी-जल्दी जान लेने की उत्सुकता न जाने कौन-सी खामोशी के बोझ के नीचे दब-सी गई थी। बबलू ने स्वयं अपना किस्सा सुनाना शुरू किया था और फिर अन्त में कहा था, "मैं जानता था, पिताजी, आप मुझे न पाकर परेशान हो उठेंगे। उस रात मैंने सपना देखा था, आप मुझे ढूँढ़ रहे हैं। मैं रातभर आपको सपनों में देखता रहा, दुखी और परेशान। पर कैसे आ पाता मैं? बस दो दिनों तक नहीं आई। बहुत दूर है वह गाँव। मैं पैदल कैसे आता, पिताजी?, पिताजी, आप घबराया न कीजिए, मैं खोनेवाला नहीं हूँ। कोई मुझे फुसला-बहलाकर नहीं ले जा सकता। मैं पुलिस को खबर कर दूँगा, हल्ला मचाकर लोगों को इकट्ठा कर दूँगा। आप बेफिक्र रहा कीजिए। मैं देर-सबेर वापस जरूर आ जाऊँगा।"

मैं देर तक उसे निहारता रहा और बस इतना कह पाया, "तुम जाया ही मत करो। मुझे डर और बेचैनी होती है।"

बेचैन मैं सचमुच हर बार हो उठता था। जब भी बबलू मार खाकर घर से बाहर की तरफ भागता तो मुझमें दहशत पैदा हो जाती है। कहीं वह पोखर की तरफ भागकर न चला गया हो। रेलगाड़ी गुजरने का समय हो रहा है, कहीं वह पटरियों की ओर न निकल गया हो। किसी वृक्ष पर चढ़कर वह नीचे न कूद पड़े। मैं उसके पीछे-पीछे जा निकलता हूँ, उसे ढूँढ़ लाने के

लिए। मैं उसे फुसलाता-बहलाता हूँ, ढेर-ढेर समझाता हूँ, रास्ते में उसे भरपेट रसगुल्ले खिलाता हूँ, सेब-नारंगी खरीद देता हूँ, पचीस-पचास पैसे उसकी जेब में डाल देता हूँ।

'यह कैसा दुलार है जिसके न सींग, न पूँछ?' बस केवल यही नहीं पता चलता कि पत्नी अधिक गुस्सा रही है, कि अधिक मुसकरा रही है!

और भागने पर बबलू को भी चैन नहीं होता। मैं उसे ढूँढ़ तो नहीं रहा हूँ, लोगों को उसकी तलाश में इधर-उधर भेज तो नहीं रहा हूँ—चिन्ता उसे सताने लगती है। बिना मनाए घर तो नहीं लौटता, पर अपनी खोज निगाहों से सड़क-बाजार में मुझे ढूँढ़ने लगता है। और फिर बिलकुल अनजाना बनकर मेरी नजरों के सामने होने की कोशिश करता है। आँखें मिलते ही वह सहमता-सरकता मेरी ओर आने लगता है और बिलकुल समीप आकर धीरे से कह उठता है, 'पापा!'

और जब उसे ऐसी कोई फिक्र नहीं होती तो वह दिन-दिनभर घर से भागा रहता है—अमराइयों में फुनगियों पर चढ़कर टिकोले तोड़ते हुए, सुबह से शाम तक गुल्लियाँ खेलते हुए, कटी पतंगों के पीछे भागते हुए, मदारियों के तमाशे देखते हुए, जुलूस में नारे लगाते हुए। गर्मी-सर्दी, भूख-प्यास—सबसे बेअसर। मेरा छोटा उसके कारनामें विस्तार से बताता है।

नाच-गाने का शौकीन कौन बच्चा नहीं होता! और फिर देहातों में और आकर्षण भी क्या है! पर बबलू हद से बाहर जा गुजरता है। रमखेलिया, शादी-ब्याह में रंडियों के नाच, जटा-जटिन, नौटंकी—वह जाता है घंटे-दो घंटे की अनुमति लेकर, पर पड़ा रह जाता है वहाँ अन्त-अन्त तक। आधी-आधी रात के बाद लौटता है, कभी-कभी तो पूरी रात गुजारकर। कई बार तो नींद आ जाने पर वहीं सोया रह गया है और लौटा है सुबह सूरज निकल जाने पर। मैंने उसे इसके लिए भी धमकाया है, पीटा है, फिर से आगे कहीं न जाने की धमकी दी है, पर तब भी कहाँ कोई असर हो पाया है उस पर।

...एक बार पूर्णिया में वह मेरे साथ एक नाच देखने गया। मैं तो भीड़ में बहुत पीछे पड़ा रहा, पर वह फुदकता हुआ बिलकुल मंच पर जा पहुँचा और वहीं जम गया। जब काफी देर हो गई तो मैंने लौटने की सोची। वह ऐसा ध्यानमग्न था कि मेरी ओर कभी देखता ही नहीं था। मुझे एक ऊँची हाँक लगानी पड़ी। तब कहीं वह मेरे पास आया और आते ही कहा, "पापा, वह लाल साड़ीवाली तो कमाल की नाचती है।" और फिर, "आप जाइए न, पिताजी, मैं देखकर आ जाऊँगा। सही-सलामत घर पहुँच जाऊँगा।"... ऐसे ही बम्बई में एक फिल्म की शूटिंग देख रहा था। हम सब दूर किनारे पर खड़े थे। पर बबलू धीरे-धीरे आगे बढ़कर एक कुर्सी पर आसीन हो गया हीरो-हीरोइन के बगल में। और गौर से उन्हें निहार नहीं रहा था, लगभग सूँघ रहा था। मैंने उसे इशारे से कई बार बुलाया, पर वह थोड़ी देर और रुक जाने का इशारा कर देता। और अन्त में तो एक प्रस्ताव ही रख दिया उसने, "पापा, मुझे डेरे का रास्ता याद है। रेलगाड़ी से आ जाऊँगा। आप जाइए न!" गुस्से में मैंने उसके सिर के बाल पकड़कर घसीटने की कोशिश की थी।

वरुणेश्वर में कई बड़ी कम्पनियों की ओर से मुफ्त नाच दिखाया जाता है, भोर से रात तक। हो सकता है यह सारा दिन वहीं गुजार दे। डर तो यह है कि कहीं आधी रात तक वह इसी में बेहोश रह गया तो फिर आधी रात के बाद ठंड में कहाँ बौखता रहेगा, और फिर उसकी गति बिलकुल एक खोए हुए बालक की हो जाएगी। इस बच्चे के लिए दिन क्या और रात क्या, घर क्या और मेला क्या। रात किसी ओसारे में, किसी बेंच पर, किसी दुकान में, मन्दिर या धर्मशाला में, या किसी गाछ के नीचे खुले में गुजार देगा। ठंड से सिकुड़ता है, पर डरता नहीं।

मैंने बबलू को स्पष्ट कह दिया, "दिन भर चाहे नाच ही क्यों न देखते रहो, पर रात से पहले हर हालत में लौट आना है तुम्हें, नहीं तो..."

एक और भी बड़ा आकर्षण था वरुणेश्वर में, सिनेमा का! शिव पर छूछा पानी डाल दिया जाता, मिठाई और भोग के पैसे तो सिनेमा-नौटंकीवालों को भेंट चढ़ा दिए जाते। हर एक शख्स यही करता; बूढ़े तक बेशरम हो जाते। मुझे धड़का हुआ, बबलू फिल्म देखने से बाज नहीं आएगा।

बबलू, मेरा बेटा, बड़ा ही शौकीन है फिल्मों का। यह लाड़ला मुझसे यहीं हार मानता है जब उसे किसी फिल्म देखने के लिए पैसों की जरूरत होती है। नौकर को पानी के लिए हाँक लगाने पर वह खुद गिलास में पानी लेकर झटपट उपस्थित हो जाएगा, बिना कहे मेरे सिर-पैर की मालिश शुरू कर देगा; मेरे कमरे की अस्त-व्यस्त पड़ी चीजों को करीने से सजाकर रखने लगेगा; मेरे जूते-चप्पल में ब्रश करेगा और अगले महीने से अनावश्यक खर्चों में काफी कटौती की बातें करेगा और इन खर्चों के लिए माँ को दोषी ठहराकर मुझे खुश करना चाहेगा। वह हर नई फिल्म देखने की जुगत में लगा रहता है। मैं खुद भी उसे धार्मिक तथा बच्चों के चरित्र पर अनुकूल प्रभाव डालनेवाली फिल्में देखने के लिए पैसे दे दिया करता हूँ, उसे जब-तब अपने साथ भी ले जाया करता हूँ। पर इसके अलावा भी वह कभी अपनी माँ के साथ, कभी अन्य सगे-सम्बन्धियों के साथ फिल्में देख आता है। कितनी ही तो मार खा चुका है वह इसके लिए।

धार्मिक फिल्मों का तो उस पर बस यही प्रभाव देखता हूँ कि कभी वह राम का धनुष कन्धे से लटका कर निकल जाता है और मुहल्ले के रावण-छोकरों से लड़-झगड़कर, मार-पीट कर चला आता है; और कभी भीम की गदा लेकर कौरवों की सेना खोजता-फिरता है और किसी के नहीं मिलने पर घर में ही छोटे भाई को लड़ने के लिए उकसाता और फिर उसे दो-चार गदा लगाकर रुला देता है।

फिल्मों का तो बड़ा ही बुरा प्रभाव पड़ा है उस पर। कभी-कभी तो मैं काफी चिन्तित हो उठता हूँ। कोई भी फिल्म देखकर आता है तो कई-कई दिनों

तक उसी फिल्म के संवाद बाँचता रहता है। मैंने कितनी ही बार उसे अकेले कमरे में चहल्कदमी करते हुए, काफी अदा के साथ हाथ-मुँह चमकाकर अभिनय करते हुए देखा है, सुना है—'इन्सपेक्टर...ठाकुर के बच्चे...अरे जा-जा...गब्बर सिंह!' नींद में भी उसके मुँह से 'ढिसुम, ढिसुम' शब्द निकले हैं।

एक बार कमरे में वह ऐसे ही संवाद बक रहा था। मैं सुनकर अन्दर आ गया। मुझे हँसी आ गई थी। मैंने अपनी हँसी रोककर उसी के अन्दाज में एक डायलॉग उस पर जमाया, 'क्यों बे ठाकुर, आज पढ़ाई-लिखाई नहीं होगी?' लड़के ने उलटकर जवाब दिया, कमर पर दोनों हाथ रखकर और सिर को जरा तिरछा करते हुए, 'ठाकुर के बच्चे, आज इतवार है।' कोई सुन नहीं रहा था। मेरा चेहरा तमतमा उठा। लड़का सचमुच खराब हो गया। मैं झुककर कमरे में ढूँढ़ने लगा था—छड़ी, लाठी, ईंट, लोहा, पत्थर। बबलू पलंग से कूदकर नीचे आ गया और अपने कान पकड़कर जमीन पर बैठ गया, 'गलती हो गई, पिताजी! मुँह में फिल्म का एक डायलॉग आ गया, गलती से। अब यह गलती नहीं होगी, पिताजी!' यह भी उसकी एक चाल ही है। पर उसके चेहरे को देखकर मैं रुक गया। उसकी आँखों में करुणा थी। भय से उसने मेरे पाँव पकड़ लिए थे और छोड़ नहीं रहा था। मैंने अपना गुस्सा उस पर इस तरह जाहिर किया, 'ऐसी गलती नहीं करनी चाहिए, बेटे। बड़ों से कैसे बातें की जाती हैं, तुम्हें इतना भी शऊर नहीं। अच्छा लड़का बनो, अच्छी बातें सीखो।' वह बार-बार अपनी गलतियों के लिए माफी माँगता रहा और फिर ऐसी गलती नहीं दुहराने का वादा भी करता रहा—माँ कसम...माँ कसम!

जाने से पहले मैंने उसे विश्वास दिलाया कि मैं शीघ्र ही उसे अच्छी फिल्में दिखाऊँगा। मेले में उसे सिनेमा के चक्कर में नहीं पड़ना है, नहीं तो...

मैं कभी-कभी काफी उदास हो जाया करता हूँ। क्यों मैं इस बच्चे को इतना मारता-पीटता हूँ? पिता की क्या परिभाषा यह स्थिर करेगा? बाँस की छड़ी के जवाब में बबलू मेरे घर पैदा हो गया। मेरी उबलती आँखों के अतिरिक्त

और क्या याद रहेगा इसे? मेरी पत्नी ठीक ही कहती है—मुझमें पिता का दिल नहीं, एक कसाई का दिल है। पत्नी गुस्से में इशारा कर बैठती है—जिसकी छाती में बाल नहीं होते, वह कठोर होता ही है।

पर क्या मेरे पिता के अन्दर भी कसाई का ही दिल था? उनकी छाती में तो ढेर-से बाल थे।

कुछ लोग ऐसे हैं मेरे ही गाँव में जिनके बच्चों का अगर कोई दूसरा छू भी दे तो, चाहे गलती उनके बच्चों की ही क्यों न हो, वे दल-बल सहित उस छूनेवाले को, उसके माँ-बाप को, उसके पूरे घर को घेर लेते हैं, और अपने अपमान का बदला चुकाते हैं गालियाँ देकर, लाठियाँ चलाकर, थूक चटवाकर। मेरे पिता ऐसे लोगों में नहीं थे। मैं अगर कभी ऐसे झगड़ों में मार खाकर लौटता तो घर पर भी पिता मेरी ही पिटाई करते। उनका साफ-साफ कहना था—अगर कोई दरवाजे पर लाठी लेकर आ जाए तो बिल में घुस जाओ। वह आप से आप लौट जाएगा। कोई गालियाँ दे, सुन लो गालियों से कुछ बनता-बिगड़ता नहीं। वह शख्स थककर वापस लौट जाएगा। उनके अनुसार तो मार-पीट में तभी शरीक हुआ जा सकता है जबकि कोई किसी की जमीन पर चढ़ आए, धन-दौलत पर डाका पड़े, किसी की बीवी को जबरदस्ती उड़ा ले जाने की कोशिश हो। और मामलों में लड़ने-झगड़ने में उन्हें कोई तुक नजर नहीं आती थी। शायद कुछ इन्हीं कारणों से वह गाँव के इने-गिने भले आदमियों में शुमार किए जाते थे।

कई लोगों को कहते सुना है—निर्बलता का नाम गांधीजी है। मैं भी पिता के विचारों को घिनौना ही मानता हूँ। लेकिन कितने ही कारणों से उन्हीं के पदचिह्नों पर चल रहा हूँ। मेरी पीठ पर कोई लड़ाकू भाई-भतीजा, सखा-सम्बन्धी, नौकर-चाकर नहीं। यों मुझे भी ऐसी गालियाँ आती हैं कि सुनकर गाभिन औरतों को गर्भपात हो जाए, लाठी भी चला ही लूँगा, सिर फूटने पर अपना अच्छा इलाज भी करा सकता हूँ; पर पेट चलाने के लिए इतने सारे

काम, और जरूरी-जरूरी काम हैं कि इन लड़ाई-झगड़ों, गाली-गलौज में वक्त जाया नहीं कर सकता। भरे पेट की ओर इज्जत आप-से-आप दौड़ेगी।

यही कारण है कि जब बबलू बाहर से मार खाकर आया है, घर पर भी मैंने उसे चपत लगाई है; और उसके कारण अगर कहीं कोई उपद्रव खड़ा हुआ है, मैंने उसकी देह-तोड़ पिटाई की है। उसके विरुद्ध शिकायतों और उसके कारनामों से मैं आजिज आ गया हूँ। कोई-न-कोई छोकरा दरवाजे पर रो-रोकर उसकी शिकायतें करने को हर वक्त मौजूद रहेगा। मोहल्ले की औरतों की गालियाँ मैं घर में बैठे-बैठे सुना करता हूँ। पर बबलू? बेफिक्र, लापरवाह, निश्चिन्त, आजाद। गुल्लियों के खेल में कोई-न-कोई लड़का उसे बेईमान नजर आ ही जाता है, और बबलू उससे उलझ पड़ता है। जब वह कौओं और कुत्तों पर ढेले चलाता रहता है तो कोई-न-कोई बच्चा गलती से सामने से गुजर जाता है; कटी पतंग के पीछे अगर वह दौड़ पड़ा तो दौड़नेवाले अन्य सारे बच्चों का हक वहीं समाप्त हो जाना चाहिए; अमराई में गिरे जिस किसी आम पर उसकी दूर से भी नजर पड़ गई तो फिर भई उस पर उसकी मिल्कियत; वह मोटे को 'मोटू' और लम्बे को 'लम्बू' कहकर ही पुकारेगा, ईश्वर-प्रदत्त अधिकार; किसी की अच्छी से अच्छी बात अगर उसके मन की नहीं तो फिर वह गाली के सिवा और क्या हो सकती है? बच्चों पर लात और घूँसे चलाने की वह मुझसे अधिक विधियाँ जानता है।

मैंने उसे कितनी ही बार समझाया है—गन्दे लड़कों के साथ मत खेला करो, गन्दी हरकतें मत किया करो, पतंगों के पीछे मत दौड़ो, मैं तुम्हें ढेर से आम खरीद ला दिया करूँगा, लड़ो मत, झगड़ो मत। पर वह एक नहीं मानता। एक जिद उसकी। और तब एक जिद मेरी—मार से भूत भागता है और छड़ी से छोकरा दुरुस्त रहता है।

जरूर डरता है मेरी छड़ियों से। हर कसूर के बाद मुझसे कतराता है, लुक-छिपकर घर आता है, माँ की गोद में आश्रय ढूँढ़ता है और उससे चिरौरी

करता है, "माँ, आज पापा फिर मारेंगे। बचा लेना, माँ! बहुम मारते हैं पापा, भुट्टे की तरह डेंगा देते हैं। बहुत चोट लगती है, मम्मी! तुम्हारे पैर पकड़ता हूँ, अब कोई बदमाशी नहीं करूँगा, पैसे नहीं चुराऊँगा, किसी से नहीं लड़ूँगा। तुम्हारी कसम, मम्मी!"

"बहुत चोट लगती है, मम्मी! पापा से मत कहना। तुम्हारे पैर पकड़ता हूँ। अब कोई बदमाशी नहीं करूँगा, किसी से नहीं लड़ूँगा।' मैं हड़बड़ाकर बिस्तर से उठ बैठता हूँ। बबलू नींद में बड़बड़ा रहा था। मैं डर गया; अन्दर तक काँप गया; अपने आप से घृणा हो गई। पहली बार अपने गन्दे और बदबूदार व्यक्तित्व का अहसास हुआ। मैं धीरे से उठकर बबलू के सिरहाने जा बैठा और हौले-हौले उसके सिर पर हाथ फेरने लगा। कहीं वह किसी कष्ट में न हो—मैंने उसे जगाने की चेष्टा की—"बबलू! बबलू बेटे! मैं पापा हूँ। नींद तोड़ो। क्या बात है?" 'ऊ-ऊ' करके उसने करवट बदली। कहीं असहाय भटक रहा था वह! काफी दुलार से झकझोरते हुए मैंने उसे जगा दिया। वह आँखें मलते हुए उठ बैठा, "क्या है, पापा!" मैं एक क्षण चुप रहा। वह आँखें मलकर मेरी ओर कुछ हैरत से घूरने लगा। मैंने बहुत धीरे से पूछा, "मैं तुम्हें बहुत पीटता हूँ, बेटे?" "नहीं तो, पिताजी!" वह मुझसे लिपट गया, "आप मुझे कहाँ पीटते हैं! कौन कहता है?" "मैं तुम्हें पीटता तो जरूर हूँ, बेटे!" काश! मैं इसे अस्वीकार कर पाता। उसने अपनी बाँहें कस दीं, "नहीं पापा, कौन कहता है कि आप मुझे पीटते हैं? आप कितना तो मुझे दुलार करते हैं, भर-भर पेट रसगुल्ले खिलाते हैं। मुझे बम्बई-बनारस घुमाते हैं। मुझे चोट लग जाती है तो मेरी पूरी देह तेल लगाकर मालिश कर देते हैं। मैं इतनी कलमें खोता हूँ, तब भी आप नई-नई कलमें खरीद कर मेरे लिए लाते हैं। अगले साल आप मुझे एक घड़ी भी खरीद देंगे।" मैं जैसे उसकी बातों को नहीं सुन रहा था। "तुम्हें चोट लगती है?" गहरी उदासी के धागों से बुना

हुआ यह मेरा सवाल था। उसने मेरे दोनों हाथ थाम लिए, "नहीं, पापा, चोट नहीं लगती है। आप फिक्र क्यों करते हैं? कौन पापा अपने बेटे को मारना चाहता है और फिर भी कौन पिता अपने बेटे को नहीं मारता? मैं बदमाश हूँ। अगर आप मुझे मारेंगे नहीं, मुझे सुधारेंगे नहीं, तो मैं बड़ा आदमी कैसे बनूँगा? डॉक्टर-इंजीनियर-प्रोफेसर कैसे बनूँगा? पोखर में नहाना क्या अच्छी बात है? डूब जाऊँ तो आपको कितना दुख होगा? दिन-दिन भर गुल्लियाँ खेलना अच्छे लड़कों का काम है क्या? पाँच पैसे की पतंग के पीछे दौड़ना कितनी बुरी बात है! मेरे पिता गरीब हैं क्या जो मैं अमवाड़ी में आम बीनने जाऊँ?...आप फिक्र मत कीजिए, पिताजी! मुझे बिलकुल चोट नहीं लगती है। उतनी चोट तो मैं आसानी से सह सकता हूँ। आप सो जाइए, पापा!... कितना बजा है?" मैं चुपचाप अपनी घड़ी उसके आगे कर देता हूँ। "दस"! काफ!ी रात हो गई है, सो जाइए अब।"... किसी बच्चे को सुलाने की यह उसकी पहली कोशिश थी।

मैंने उसकी बात मान ली, पर मुझे नींद नहीं आई, देर तक नींद नहीं आई। उसने आँखें बन्द कर ली थीं। मैं देर तक उसके चेहरे के अम्लान सौन्दर्य को निहारता रहा। वह सो गया था...या पुनः अपनी माँ के पास चला गया था, "मम्मी! पापा से मत कहना, मम्मी! वह बहुत मारेंगे, भुट्टे की तरह..."

मेरी पत्नी का दोष भी कुछ कम नहीं। मैंने उसे पास बैठाकर काफी संजीदगी से कितनी ही बार समझाया है कि जब मैं बबलू को डाँट रहा होऊँ, पीट रहा होऊँ तो तुम उस वक्त उसकी तरफदारी मत किया करो। इससे बच्चों का शह मिलती है और वे खराब हो जाते हैं। वह तुम्हारी धमकियों से बेअसर रहता है। तुम खुद भुगत रही हो, तुम्हारा कहना तक नहीं मानता वह। पर देखो मेरा डर। भागते या छिपते हुए उसकी नजर भी मुझसे मिल जाती है तो वह ठिठक जाता है। उसके चेहरे पर हवाइयाँ उड़ने लगती हैं। इसे कहते हैं शासन।

पत्नी मेरे कठोर शासन को जानती है। चीखती-चिल्लाती बबलू को लिए पहुँच जाएगी, "सँभालिए इस बच्चे को। किसी का सिर फोड़कर आया है। मुझसे बरदाश्त नहीं होती लोगों की गालियाँ और धमकियाँ। अब इस बच्चे को काट दीजिए आप, मैं संतोष कर लूँगी। ऐसे बच्चे से बिना बच्चा अच्छा।" और मैं छड़ी पकड़ लेता हूँ। बेटे के विरुद्ध माँ की शिकायतें मेरी छड़ियों को खूबसूरत बना देती हैं, हालाँकि मैं जानता हूँ कि मातृत्व का मोम कितनी आँच पर पिघल जाता है।

और जब मैं छड़ी पकड़ लेता हूँ तो मेरा ध्यान इस ओर बिलकुल नहीं जाता कि मेरी छाती में बाल हैं या नहीं। बबलू एक छड़ी की मार पर नहीं रोता तो मैं उसे दो लगाता हूँ; वह दो पर नहीं चीखता तो मैं चार तक पहुँचता हूँ; मार असरदार नहीं दिखती तो मैं छड़ी पर छड़ी तोड़ देता हूँ। मेरे यहाँ तक पहुँचने के पहले पत्नी एकदम बदल जाती है। जैसे मेरी-उसकी कोई जान-पहचान नहीं, कोई दूर का रिश्ता भी नहीं। वह मुझसे उलझ पड़ती है, मुझे गालियाँ दे बैठती है। उसकी नजर में पहली बार एक बाप कसाई हो गया। कुछ उसके कारण भी बबलू अधिक मार खा जाता है।

ऐसा नहीं कि इस बच्चे पर आँख मूँदकर छड़ी और थप्पड़ चला देने की गलती का अहसास मुझे नहीं होता। हर बार मैं घोर पछतावे का शिकार हो जाता हूँ। मार-पीटकर मैं देर तक कमरे में गुमसुम, चुपचाप पड़ा रह जाता हूँ। और फिर बबलू के वे शब्द—मुझे बड़ा हो जाने दो—मम्मी!...मेरे दिमाग में तैरने लगते हैं। जख्म पर जख्म करता जा रहा हूँ, बबलू छड़ियों की गिनती करता जा रहा होगा।...क्या मैं सचमुच क्रूर हूँ, कठोर हूँ? पर बबलू क्यों नहीं कहता कि मैं निष्ठुर हूँ, पत्नी कैसे नहीं समझती कि मैं निष्ठुर नहीं हूँ? दोनों झूठ बोलते हैं।

एक क्रूर शिक्षक एक कठोर पिता से बेहतर जीव समझा जाता है। एक-एक कर कितने ही शिक्षकों पर मैंने अपना बोझ लादने की कोशिश की है।

और एक गँवार की तरह उनके आगे सिर झुकाया है, 'मान्यवर, इस लड़के की हड्डी मेरी, मांस आपका।' उसके शायद चौथे गुरुजी का पत्र मैंने शीशे में मढ़वाकर रख लिया है, 'मान्यवर, मेरी एक साध थी कि जिस लड़के को कोई संभाल नहीं पाया उसे सुपथ पर लाकर मैं यश का भागी बनूँ। मेरे हाथ में यह यश नहीं। बहुत लज्जित होकर यह प्रार्थना कर रहा हूँ कि बबलू को वापस ले लें। मेरे आधे विद्यार्थी पाठशाला छोड़कर भाग गए हैं और अभिभावक कतार बाँधकर धमकियाँ देने आते हैं। मेरा भविष्य खतरे में पड़ गया है। मैं बहुत शर्मिन्दा हूँ।'

ऐसा अक्सर होता है। हर पश्चात्ताप-पर्व के बाद मैं बबलू को हाँक लगाता हूँ। माँ द्वारा कसाई के पास जाने से मना किए जाने के बावजूद वह मेरे सामने उपस्थित हो जाता है। उसके आँसू पुँछे होते हैं और होंठों पर मुसकराहट की नींव पड़-सी गई लगती है। वह बड़ी-बड़ी आँखों से मुझे घूरता है।

"मैंने तुम्हें क्यों पीटा?" मैं सवाल करता हूँ।

"मैंने बदमाशी की थी।" वह जवाब देता है।

"हो सकता है, बदमाशी उन लड़कों की ही हो, लेकिन..."

"बदमाशी उन्हीं की थी, पापा!" वह कूद पड़ता है, "वे लोग मुझ पर ढेले चला रहे थे। मैं उनका हर निशाना खाली कर देता। मैंने तो बस एक ढेला चलाया और वह बिलकुल निशाने पर जा बैठा। जिस लड़के का सिर फूटा मैंने निशाना उसी पर लगाया था। पर ढेले पहले उन्होंने ही चलाए थे।"

मैं फिर से उसे एकबार समझाता हूँ, "उन बच्चों से दूर रहा करो। उन्हीं के कारण तुम्हें मार खानी पड़ती है। मैं तुम्हें पीटना नहीं चाहता। कोई शौक नहीं है मुझे। मैं किसी पर हाथ नहीं उठाता, तुम बेटे हो इसलिए तुम पर हाथ उठाता हूँ। बड़े होकर कितने ही लोग अपने माँ-बाप को कोसते हैं कि उन्होंने उन्हें मार-पीटकर भी क्यों नहीं पढ़ाया-लिखाया, अच्छा आदमी बनाया। वे माँ-बाप को गालियाँ तक दे बैठते हैं उन दिनों के प्यार-दुलार के लिए।

जब तुम बड़े हो जाओगे तो महसूस करोगे बेटे कि पिताजी क्यों पीटते थे।"

और वह मेरे उपदेशों को पूरी तरह आत्मसात् करते हुए मुझसे लिपट जाता है, "मैं सब जानता हूँ, पिताजी! आप मुझे पीटते हैं, इसका मुझे कोई दुख नहीं। मैं जरूर बड़ा आदमी बनूँगा, डॉक्टर-इंजीनियर-प्रोफेसर।...अब आज से मैं बिलकुल बदमाशी नहीं करूँगा। गन्दे लड़कों के निकट जाऊँगा ही नहीं। गुल्ली भी नहीं खेलूँगा। मेरी सारी गुल्लियाँ आप फेंक दीजिए। अब बस मैं पढूँगा। आज ही मैं गणित की किताब खत्म कर डालता हूँ। जब तक सारे हिसाब नहीं बना लेता, खाना भी नहीं खाऊँगा। आप माँ को कह दीजिए, वह मेरे माँगने पर भी मुझे खाना न दे, जब तक आप उसे नहीं कह देते।"

थोड़ी देर पढ़कर वह मेरे पास आ जाता है, "पापा, भूख जोर की लगी है। अगर आप कहिए तो खाना खा लूँ?"

उसका समर्पण भी अजीब होता है! कितनी ही बार ऐसा हुआ है कि मैं गुस्से में उसे बुलाता हूँ। वह मेरे सामने आ खड़ा होता है, इस तरह जैसे बाघ और बकरी के एक घाट पानी पीने का नियम चालू हो गया हो। उसकी ढिठाई मुझे बिलकुल पसन्द नहीं। मैं उसे आदेश देता हूँ एक छड़ी ले आने का।

उसकी फुर्ती देखते ही बनती है। जैसे कोई मन पसन्द काम मिल गया हो उसे। हाथ में छड़ी और होंठों पर बिलकुल अलग, बिलकुल अपनी, एक हल्की मुसकराहट लिए वह यथाशीघ्र वापस लौटता है।

उस मुसकराहट से मुझे डर लगता आया है। बेटे की उस मुसकराहट को छीनने का मैं अब तक असफल प्रयास करता रहा हूँ।

उसकी लाई छड़ी मेरे कमरे में हफ्तों पड़ी रह जाती है। कभी-कभी उस छड़ी को मेरा छोटा बेटा ही बाहर फेंक आया करता है। बबलू उससे कोई बैर नहीं गाँठता।

मेरे आदेश पर क्यों वह अच्छी-सी मजबूत छड़ी ढूँढ़ ही लाता है? उसके हजार बहाने इस वक्त कहाँ गुम हो जाते हैं? मेरी अनुपस्थिति में वह

छड़ी क्यों नहीं फेंक दिया करता? और जब तक चीख नहीं पड़ता, होंठों पर बरकरार वह मुसकराहट?

...किस मार से भूत भागता है? किस छड़ी से छोकरा दुरुस्त रहता है?...मैं परेशान हूँ।

और कभी-कभी वह मुझसे बिलकुल अकेले में अचानक पूछ बैठता है, "पापा, आप मुझे बहुत प्यार करते हैं न?"

"हाँ बेटे", कहकर भी मैं कुछ देर के लिए असहज हो उठता हूँ।

पैसे देने से पहले मैं देर तक बबलू से खुशामदें करवाता रहा ताकि मुझे नसीहत बाँचने का अधिक से अधिक समय मिले। मेला जाने के लिए पैसे तो मैं उसे बिना माँगे भी देता ही, देता ही रहता हूँ, लेकिन मैं हर मौके को हथियार बनाना चाहता हूँ। किस घड़ी में कौन हथियार काम आ जाए। ऐसे कितने ही लोग महान हो चुके हैं जो किसी खास क्षण, किसी खास हादसे के आजीवन ऋणी हो गए हैं।

बबलू को पैसे देने के पहले मुझे एक कंजूस की कथा याद आ गई।

मेले में खाने-पीने और नाच-तमाशे के लिए मैंने बबलू को दो रुपये दिए। अलग से तीन रुपये उसे थमाते हुए मैंने कहा, "इन तीन रुपयों से तुम कोई ऐसी चीज खरीदकर लाना जो तुम्हें बहुत प्रिय हो। मैं तुम्हारी पसन्द देखना चाहता हूँ। मैं जाँचना चाहता हूँ कि तुम कितने होशियार हो, तुम्हें पैसे खर्च करना आता भी है या नहीं।" बबलू ने पाँचों रुपये सँभाल के रख लिए और मुझसे विदा होकर चपल पाँवों से खुशियों का इजहार करते हुए वहाँ से भागा।

एक कंजूस का बेटा मेला जा रहा था। कंजूस ने उसे एक रुपया दिया और कहा, "यह मेले में खर्च करने के लिए है। मुझे देखना है, तुम इसका कितना बढ़िया उपयोग करते हो।" कंजूस का बेटा भी अच्छा कंजूस था।

वह भूखा-प्यासा दिनभर मेले में घूमता रहा, जी बाँधकर वह मुफ्त की चीजें देखता-सुनता रहा। मेले से लौटकर वह पिता के पास गया और समूचा का समूचा रुपया उन्हें वापस कर दिया। पिता एक क्षण सोच में पड़े रहे और तड़ाक् से एक तमाचा बेटे के गाल पर जड़ दिया, "मैंने तुम्हें रुपया दिया था खर्च करने के लिए, वापस लौटा लाने के लिए नहीं। मैं कैसे जान पाऊँगा, तुमने अब तक खर्च करना सीखा भी है या नहीं?" वह बच्चा उम्र में बबलू के बराबर ही रहा होगा।

कंजूस के उस बेटे ने शायद दूसरे कंजूस की कथा सुन रखी हो। यह दूसरा कंजूस अपने रोजगार के सिलसिले में महीना भर के लिए बाहर जा रहा था। जाते वक्त उसने पत्नी को सौ रुपये दिए और कहा, "जैसे मैं रहता हूँ वैसे ही तुम भी रहना। तुम्हें इन रुपयों से महीना काट लेना है। तीन-चार बच्चे हैं, सो खर्च हो भी जाएँगे। पर किसी से उधार पैसा मत लेना।" कंजूस के जाने के दूसरे दिन ही उसकी पत्नी बाल-बच्चों समेत कोस-दो कोस पर रह रही अपनी एक बहन के घर चली गई और रुपये सूद पर उठा दिए। जब कंजूस लौटकर आया तो पत्नी ने उसके हाथ में एक सौ पाँच रुपये रख दिए और अपनी होशियारी की कथा रस ले-लेकर बताई। पहले कंजूस का बेटा तो इस बात पर शर्मीन्दा हो रहा होगा कि वह दूसरे कंजूस की पत्नी, एक औरत, से मात खा रहा था।

कंजूस अपनी दुनिया में किस तरह से सोचते हैं, रहते हैं, यह मैं नहीं जानता। बबलू को रुपये महज इसलिए दिए कि देखूँ, इसकी रुचि किस चीज पर जाती है। और सच पूछिए तो विशेष कुछ सोचा भी नहीं था इस पर। अब तो ठीक से यह स्मरण नहीं कि पैसे देने का इरादा पहले गुजरा था या कंजूस की कथा पहले याद आई थी। हाँ, उन कंजूसों की कथाएँ मैंने बबलू को नहीं सुनाईं कि कंजूस का बेटा और कंजूस की पत्नी उसके कानों में कुछ कहता न फिरे मेले में, कोई दबाव न डाले उस पर।

मेरा यह भी आशय नहीं था कि मैं बबलू की होशियारी-होनहारी की जाँच-परख करूँ। तीन रुपयों में भला चीजें ही क्या खरीदी जा सकती थीं कि उसकी रुचियों का ठीक-ठीक पता पा सकूँ। कुछ चीजों के नाम तो मैं उँगलियों पर गिन सकता था जो बबलू उन रुपयों से खरीद सकता था। हालाँकि मेला लम्बा-चौड़ा लगता है। पर देहाती मेले में चीजें ही क्या बिकती हैं।

जब मैं बबलू की उम्र का था तो किताबों का बहुत शौकीन था। चुराए पैसों से मैं प्राय: ही किस्से-कहानी की किताबें खरीद लाया करता था। गाँव की हाट में मुझे ऐसी किताबें मिल जाया करती थीं। किस्सा हातिमताई, किस्सा चार दरवेश, किस्सा लैला-मजनूँ, बैताल पचीसी, यहाँ तक कि चन्द्रकान्ता संतति के भी भाग मैंने उसी वक्त पढ़ डाले थे। पर बबलू को किताबों का शौक कहाँ! और फिर किताबें खरीदकर, जिन्हें उसे पढ़ना नहीं है, वह पापा को कैसे खुश कर सकता था? कहानियों का शौकीन वह भी खूब है; सुनाइए तो बड़े ध्यान से पास बैठकर कहानियाँ सुनेगा; मामूली-सा दुख किसी राजा, रानी या राजकुमार को हो जाए तो ढेर से आँसू बहाने लगेगा; और कभी-कभी तो हिचकियाँ बँध जाएँगी उसकी; अगर कहानी सुनाने का वादा करें तो आपके सिर-पैर की मालिश भी कर देगा; पर किताबों से खुद कहानियाँ पढ़ने की तकलीफ वह नहीं उठा सकता। किताबों से उसे चिढ़ है, पढ़ाई से नफरत। जिस शख्स ने बच्चों के लिए पढ़ाई का आविष्कार किया है अगर वह एक बच्चे की शक्ल में उसके सामने कभी पड़ जाए तो पता नहीं वह बच्चा कितने जख्मों के साथ अस्पताल पहुँचाया जाएगा। बबलू के पिता के लिए यह कम खुशी की बात नहीं है कि वह किताबों के पन्नों से गुड्डियाँ नहीं बनाता। पन्ने जरा छोटे पड़ते हैं।

मेरे गाँव में दशहरा के मौके पर एक छोटा-मोटा मेला लगा करता है। पिछले साल का वाकया है। मैंने बबलू को मेला देखने के लिए एक रुपया दिया था। उस पैसे से उसने एक दुकान से गुब्बारे खरीद लिए थे और मेले

में दिनभर फुला-फुलाकर गुब्बारे बेचता रहा था। उसकी कोशिशों के बावजूद मैंने देख लिया था। और मुझे काफी शर्म महसूस हुई थी। शाम को मैंने उसकी काफी डाँट-फटकार की थी और तब भी काफी गर्व से अपनी कमाई की बात सुनाकर ही वह चुप हुआ था। मेले में वह फिर गुब्बारे बेचना तो न शुरू कर देगा? पर वह जानता तो है, मैं इसे पसन्द नहीं करूँगा।

पता नहीं, सब बच्चे ऐसे ही होते हैं क्या! घर की अच्छी से अच्छी बनी चीजें भी उसे पसन्द नहीं। वही अगर बाजार की हों, सड़ी-गली हों, उन पर मक्खियाँ भिनभिना रही हों तो वह उन्हें बड़े चाव से खाएगा। बहुत निचले दरजे का चटोरा। पचीस-पचास पैसे देकर मैं उससे सविनय कहता हूँ, "अगर कुछ खाना ही हो तो फल-फूल खरीदना, बेटे। बाजार की गन्दी चीजें मत खाया करो, इनसे खतरनाक बीमारियाँ होती हैं।' कितने ही फलों के गुण मैं उसे बता चुका हूँ, किसमें कौन-सी विटामिन है और शरीर का कौन-सा अंग उन्हें खाने से तुरन्त मजबूत हो उठता है। पर वह मेरे उपदेश तो दूसरे बच्चों पर खर्च कर दिया करता है, उस बेचारे के पास शेष कुछ बचता ही नहीं। मेले में पाँच रुपयों के साथ वह बिलकुल आजाद था।

अगर रसगुल्ले घर में हों तो बबलू रात में भी उठ-उठकर दो-तीन दफे उन रसगुल्लों पर हाथ साफ करता है। एक बार बचपन में यह बात जगी थी कि मैं अगर अपने पिता के घर जन्म न लेकर जगदेव साह हलवाई के घर जन्मा होता तो कितना मजा होता। ढेर-ढेर रसगुल्ले खाता; सुबह को उसके बेटों की तरह एक बार माँगकर खाता; फिर जगदेव साह की आँखें बचाकर चुराकर खाता; उसके बाद एक बार फिर चुराता; चुराकर फिर खाता; और फिर-फिर चुराता जब तक कि पेट नहीं भर जाता। पर रसगुल्लों से भी पेट भर जाया करता है, इस बात का यकीन उस वक्त क्या कोई मुझे दिला सकता था? पता नहीं बबलू मेरी तरह सोचता या नहीं। लेकिन जब-जब मैं बाजार से उसके साथ गुजरता हूँ, वह अपनी तेज कनखियों से मिठाइयों की

ओर इशारा करता है; और मैं अगर न कह दूँ तो वह मेरा हाथ पकड़कर इस तरह पैर भाँजने लगता है जैसे सौ मीटर की दौड़, दौड़ रहा हो; वह रूठता है, वह गुस्सा प्रकट करता है, रिरियाने लगता है और अक्सर ही मैं पराजित होकर हलवाई की दुकान में घुसने को बाध्य होता हूँ। मेरा छोटा बेटा मुझे जब-तब सुनाया करता है, "पापा, बबलू है न...मिठाई की दुकान में पापा...उसने चार रसगुल्ले खाए...और पापा...है न...मुझे उसने केवल दो दिए...और पापा...बबलू है न...आपके पैसे चुराकर रसगुल्ले खाए हैं... और पापा...बबलू है न...मुझे अपने साथ नहीं ले गया...ऐसा भाई होता है क्या?...बोलिए। आँय?"

ऐसा न हो कि बबलू पाँच रुपयों और रसगुल्लों की भूख को अखाड़े में उतारकर उन्हें कुश्ती लड़ा दे।

ऐसा हो तब भी ठीक है। डर तो इस बात का है कि वह सारे के सारे पैसों की गुल्लियाँ न खरीद ले। रसगुल्लों और गुल्लियों के बीच अगर उसे किसी एक को चुनने को कहा जाय तो वह खड़ा-खड़ा बरस-दो बरस सोचता रह जाएगा और तब भी वह अपनी पसन्द बना दे तो समझिए कि निर्णय लेने में उसने काफी शीघ्रता की। गुल्लियों का लम्बा-चौड़ा खजाना रखता है वह। उसके बक्से में गुल्लियाँ, उसके बस्ते में गुल्लियाँ, जलावन घर में उसकी गुल्लियाँ, उसके बिस्तर के नीचे में गुल्लियाँ, उसके कमीज में गुल्लियाँ, उसके पैंट में गुल्लियाँ, पैंट की इस जेब में गुल्लियाँ, पैंट की उस जेब में गुल्लियाँ। गुल्लियों की झनझनाहट से पता चल जाता कि घर में वह कौन-सा व्यायाम कर रहा है—दौड़ रहा है, या उछल रहा है, या धीमे-धीमे चलने की आदत सीख रहा है। कितनी ही बार उसकी गुल्लियाँ मैं झाड़ियों-गलियों में फेंक चुका हूँ, यह जानते हुए कि मैं गुल्लियाँ नहीं नगद पैसे फेंक रहा हूँ क्योंकि वह अपनी पहली आमदनी से, चोरी के जरिए या भिक्षा प्राप्त कर, गुल्लियाँ ही खरीदेगा। पर कुछ पैसे गँवाकर भी उस पर अपने गुस्से का असर

डाल सकूँ तो एक उपलब्धि होगी यह। अब तक सब बेकार। मेले से कहीं वह गुल्लियों की पोटली बाँधकर न लाए। पत्नी तो आगबबूला हो जाएगी। बबलू को पैसे देने से वह कई बार मुझे मना कर चुकी है। बबलू उसे कम तंग नहीं करता। माँ से वह एक रुपया लेता है सब्जी लाने के लिए; पचास पैसों की वह सब्जी लाता है और पचास पैसों के रसगुल्ले खा लेता है; और अकड़कर कहता है, "हाँ, खाऊँगा, मेरी मरजी।"

इन बातों पर कोई पालथी मारकर मैंने सोचना शुरू नहीं किया था। खाना खाकर आराम कर रहा था तो यह सब बातें खाली दिमाग में आती गई थीं। ऐसा भी क्या सोचना कि पाँच रुपयों की चोट रह-रहकर टहके! ले आएगा, कोई गेंद, कोई खिलौना, या एक कलम या रसगुल्ले ही खा लेगा, या फिर गुल्लियाँ ही खरीद लेगा। खरीद ले। उन रुपयों का श्राद्ध अब वह जिस तरह भी करे।

शाम को जब मैं टहलने के लिए घर से निकला तो एक बार पड़ोसी के घर पूछताछ कर ली। शाम तक सबके लौट आने की बात थी। हो सकता है थोड़ी रात भी हो जाए। औरतें घर खाली कर गई थीं और उनकी खरीदारी चल रही होगी। मर्द को जितना समय एक हाथी खरीदने में न लगे उतना उन्हें एक सूई खरीदने में लग जाता है। बैलगाड़ी चलने-चलने को होगी, तभी किसी ने चीख मारी होगी, "हाय राम, फुँदना तो मैंने खरीदा ही नहीं..." पोती ने निहोरा किया होगा, "दादी, मुझे टिकुली नहीं खरीद दी न!"...किसी भतीजी की स्मृति अचानक जाग गई होगी, "हे चाची, हँसुआ?...गे मौसी, चकला-बेलन?" और किसी ननद ने दबी आवाज में बुदबुदाया होगा, "पहाड़पुर वाली भाभी ने पावडर के लिए कहा था, पैसे भी दिए थे। क्या सोचेगी मन में..." और तब तंग आकर बुढ़िया ने जुती गाड़ी खुलवाते हुए गाड़ीवान से कहा होगा, "रे कलेसरा, हम लोग तुरन्त दस घन्टे में लौटकर आते हैं, तब तक तुम एक बीड़ी पी लो।"

मैं घूम-घामकर दो-तीन घंटे बाद घर लौटा। दूर से ही पड़ोसी के दरवाजे पर बैलगाड़ी दिख गई थी। उनके दरवाजे पर बच्चे शोर मचा रहे थे, झुनझुने बजा रहे थे, गुब्बारे फुला रहे थे, मिट्टी के खिलौने से अभी तक खेल रहे थे। मैंने एक निगाह दौड़ाई, शायद बबलू भी यहाँ हो मेरा आसरा देखते हुए। पर वहाँ वह नहीं था। मैं घर के अन्दर दाखिल हो गया। एक आवाज लगाई, "बबलू है रे?"

जवाब पत्नी का आया रसोई से, "सो गया है। सोने दीजिए। थककर आया है।"

सोने कैसे दूँ, मैंने मन में सोचा, कम-से-कम जान तो लूँ पाँच रुपयों का श्राद्ध किस तरह सम्पन्न हुआ। मैं पत्नी के पास जा पहुँचा और पूछा, "कब आया यह?"

"बहुत देर हुई," पत्नी ने जवाब दिया, "पैदल ही न जाने किसके साथ आया है। पड़ोसी की बैलगाड़ी तो अभी आई है। उनका बच्चा अभी पूछने आया था, बबलू आया कि नहीं? यह नहीं हुआ कि बबलू को भी बैलगाड़ी पर ले आते।" मैं सोचने लगा, पत्नी से अब और क्या पूछूँ। तब तक पत्नी ही तमककर बोल उठी, "बबलू को आपने पैसे दिए थे?"

"हाँ, दिए तो थे। क्यों, क्या हुआ?" मुझे कुछ गलत गुजर जाने का शुबहा हुआ।

"कितने?"

"तीन रुपये।" मेरी मुद्रा अपराधी की-सी हो गई थी।

"तीन या पाँच?"

"दो रुपये उसे मेला देखने के लिए दिए थे।"

"और तीन रुपये?"

"तीन रुपये," अब मेरी आवाज लटपटा रही थी, "तीन रुपये कोई अच्छी-सी चीज खरीद लाने के लिए।"

"सचमुच बड़ी अच्छी-सी चीज खरीद लाया है।" उसकी आवाज में हलचल थी।

"क्या?" पाठशाला के बरामदे में खड़े हाथों में फूलों की माला के लिए शिक्षक के मुँह से परीक्षा-फ़ल सुन रहे एक शिशु की धड़कन मेरे अन्दर जगह ले चुकी थी।

पत्नी ने पलंग के नीचे से निकालकर मेरे बेटे की मनपसन्द चीज मेरे सामने रख दी। मैं भौचक रह गया। बबलू मेरा परीक्षा-फल सुनाकर सोने चला गया था। कभी न टूटने वाली खामोशी मुझ पर तारी हो गई थी।

"जैसा बाप वैसा बेटा।" पत्नी इतना कहकर पुनः रसोई में चली गई थी। वहीं से उसने फिर चिल्लाकर कहा, "उसे जगाइएगा नहीं। आते ही मुझसे मार खा चुका है। जो कहना-सुनना हो, सुबह कीजिएगा।"

मैं आहत एक अप्रत्याशित आघात की वेदना से म्रियमाण, बबलू के सिरहाने बैठ गया और उसके सिर के बाल सहलाने लगा। पत्नी पुनः लौट आई, "दिन भर भूखा-प्यासा रहा है मेले में और पूरे पाँच रुपये में आपकी फरमाइश पूरी की है।"

मैं थोड़ी देर उसका मुँह ताकता रहा और फिर पूछा, "कुछ कह तो नहीं रहा था मेरे सम्बन्ध में?"

"कहेगा क्या? पहली बार मिले थे पाँच रुपये खर्च करने को। खूब खुश था। लेकिन डरा-डरा सोया है। कह तो रहा था, पलंग के नीचे छिपकर सो जाता हूँ। पापा आएँगे तो मारेंगे।"

"मारूँगा क्यों?" मेरे मुँह से बेसाख्ता आवाज निकली।

"सुबह से किसी पर लप्पड़-थप्पड़ नहीं चलाया है, हाथ में दर्द हो रहा होगा।"

उफ यह औरत! इतनी लम्बी जबान! बबलू पर अब तक जितनी मार पड़ी वह सब इसे लगनी चाहिए थी।

"यह किसने बताया कि पाँच रुपये में खरीद कर लाया है?"

"सारे किस्से खुद ही बयान कर रहा था।"

उखड़े हुए मन से मैंने खाना खाया, बस दो-चार कौर। सोने को जाने लगा तो बबलू को अपने बिस्तर पर ले लिया। मैंने उसकी देह रजाई से अच्छी तरह ढँक दी। मैं आतंकित था और मुझे नींद नहीं आ रही थी। बबलू भयग्रस्त होकर सोया हुआ था, कहीं नींद में कुछ बड़बड़ाने न लगे। एक इच्छा हुई, उठाकर उसका भय दूर कर डालूँ। पर मैं वह भी न कर सका। मुझे लग रहा था कि जागते ही बबलू मुझे देखकर चीख पड़ेगा। और फिर गिड़गिड़ाते हुए पैर पकड़ लेगा, "मारिये मत, पापा। गलती हो गई। अब फिर..."

पत्नी सोने चली गई थी और मैं बबलू के सिरहाने पर अधलेटा पड़ा था। कभी-कभी ऐसा हुआ है कि बबलू केवल बहाने बनाकर बिस्तर पर पड़ा रहा है, गहरी नींद में होने का ढोंग रचा है, कभी पढ़ाई और कभी किसी अपराध पर मार खाने के डर से। और फिर सुबह उठकर अगर वह मुझे खुशदिल पाता तो खुशी में ताली पीट-पीटकर मुझसे इस ढोंग की बात बताता।

पर उस वक्त बबलू सचमुच गहरी नींद में सोया हुआ था। नहीं तो अब तक वह अपना सिर सहलाते मेरे हाथों की आद्रता जरूर महसूस कर लेता और कनखियों से एक बार मुझे देख लेने की कोशिश जरूर करता, और फिर मेरी करुणामई आँखों और विषण्ण चेहरे को देखकर हड़बड़ाकर उठ बैठता और मुझसे लिपटकर मेरे अनपूछे सैकड़ों प्रश्नों के जवाब में कहना शुरू कर देता, "नहीं पिताजी, आप क्यों दुखी होते हैं?...कौन बाप बेटे को... मैं बड़ा आदमी...चोट मुझे बिलकुल...तीन के बजाय पाँच रुपये? ऊँ? यही न?...मेले में क्या था?...लखनऊवाला बाघ...पटनावाला आसमानी झूला... बीड़ी कम्पनी का मुफ्त नाच...बच्चा सिनेमा देखेगा?...बाजार की चीज खाता? बीमार पड़ूँगा तो?...और पिताजी, अब मैं कोई बदमाशी नहीं करूँगा, एकदम सोच लिया है। यह तो मैं इसलिए खरीद लाया हूँ कि मान लीजिए...भूल-चूक

से...मतलब कभी-कभार...मान लीजिए...शायद संयोग...मतलब...मतलब..."

इस तपस्वी बालक ने मेरे आँसू पोंछ डालने की सक्षमता का वरदान कहीं से प्राप्त कर लिया है; अवश्य प्राप्त कर लिया है।

अगले दो दिनों तक वह मुझसे लुकता-छिपता रहा। उससे भी अधिक मेरी कोशिशें जारी थीं कि उससे सामना न हो। पर कब तक? फिर उससे अधिक भी नहीं। तीसरे दिन अचानक हमारा सामना हो गया और नजरें मिल गईं। वह सहमकर खड़ा हो गया। मैंने सायास मुसकराने की कोशिश की तो वह मेरे पास खिंच आया और मुझसे लिपटकर कहा, "मैं मन्दिर भी गया था, पिताजी! वहाँ का घंटा बजा-बजाकर मैंने भोला बाबा से प्रार्थना की कि हे भगवन मुझे बुद्धि दो। मैं बहुत बदमाशी करता हूँ और अपने पापा को बहुत दुख देता हूँ।" मैंने उसकी पीठ थपथपाई और धीरे से कहा, "रसगुल्ले खाओगे?"

उस साल वरुणेश्वर के मेले में बबलू से बेहतर खरीदारी किसी ने न की होगी—बेंत की एक सुन्दर-सी छड़ी। कीमत पाँच रुपये। पर बबलू ने उस दिन क्या सिर्फ मेरे दिए पाँच रुपये खर्च किए थे? अपनी ओर से कुछ भी नहीं लगाया था?